हिन्द पॉकेट बुक्स

सफेद मेमने

मणि मधुकर हिंदी एवं राजस्थानी भाषा के प्रसिद्ध कवि और लेखक हैं। मणि मधुकर का जन्म 9 सितम्बर, 1942 में राजस्थान के सेऊवा (राजगढ़), चुरू ज़िला में हुआ था। इनका मूल नाम मनीराम शर्मा है। इनके द्वारा रचित एक कविता संग्रह *पगफेरौ* के लिये उन्हें सन् 1975 में साहित्य अकादमी पुरस्कार से सम्मानित किया गया था।

मणि मधुकर ने अनेक रचनाओं का संपादन किया। उनकी अनेक रचनाओं का बंगला, कन्नड़, उड़िया, मराठी, पंजाबी, डोगरी, असमिया, गुजराती इत्याादि देशी व रूसी, जर्मन, पौलिश, फ्रेंच व अंग्रेज़ी जैसी विदेशी भाषाओं में अनुवाद भी हुआ है।

सफेद मेमने

मणि मधुकर

हिन्द पॉकेट बुक्स
पेंगुइन रैंडम हाउस इम्प्रिंट

हिन्द पॉकेट बुक्स

यूएसए | कनाडा | यूके | आयरलैंड | ऑस्ट्रेलिया | सिंगापुर
न्यू ज़ीलैंड | भारत | दक्षिण अफ़्रीका | चीन

हिन्द पॉकेट बुक्स, पेंगुइन रैंडम हाउस ग्रुप ऑफ़ कम्पनीज़ का हिस्सा है,
जिसका पता global.penguinrandomhouse.com पर मिलेगा

पेंगुइन रैंडम हाउस इंडिया प्रा. लि.,
चौथी मंजिल, कैपिटल टावर -1, एम जी रोड,
गुड़गांव 122 002, हरियाणा, भारत

पेंगुइन
रैंडम हाउस
इंडिया

प्रथम हिन्दी संस्करण हिन्द पॉकेट बुक्स द्वारा 1979 में प्रकाशित
यह हिन्दी संस्करण हिन्द पॉकेट बुक्स में पेंगुइन रैंडम हाउस द्वारा 2022 में प्रकाशित

10 9 8 7 6 5 4 3 2

इस पुस्तक में व्यक्त विचार लेखक के अपने हैं, जिनका यथासंभव तथ्यात्मक सत्यापन किया गया है, और इस संबंध में प्रकाशक एवं सहयोगी प्रकाशक किसी भी रूप में उत्तरदायी नहीं हैं।

ISBN 9789353496234

मुद्रकः रेप्रो इंडिया लिमिटेड

www.penguin.co.in

MIX
Paper from
responsible sources
FSC® C047271

This is a legitimate digitally printed version of the book and therefore might not have certain extra finishing on the cover.

सफेद मेमने

आसपास के धूसर धुंधलके में तमाम चीजें डूब-सी गई थीं। फोग-झाड़ियों के बीच में से किसी तरह जगह बनाकर निकलता हुआ रास्ता बार-बार अपनी पहचान खो देता था। अचानक रेत के टीले फोड़ों की भांति उभर आते थे और उनकी ढलानों में दरख्तों के डुगडुगी सिर हिलने लगते थे। माघ माह की ठंडी-ठर हवा लचीली बेंत के से सपाके लगाती हुई चल रही थी। जस्सू डाकिया दोवड़ और कम्बल में गट्ठड़ की तरह लिपटा हुआ था, फिर भी जाड़े की मार से उसके रोंगटे सनसना रहे थे। आंखों के सामने एक छेद, देखने भर के लिए बना लिया गया था। उसमें जस्सू की पलकें झिप-झिप कर रही थीं। उड़ते हुए तेज झोंके आते और तब उनसे पानी चूने लगता था। भौंहों में सुइयां चुभ रही थीं। उन्हें लगातार बींध-बींधकर सुन्न कर दिया गया था।

जस्सू पीछे के वज़न के सहारे टिक गया और माथा झुकाकर सांसों की भाप से अपना चेहरा सेंकने लगा। वह पिलान की अगली गद्दी पर बैठा था और उसकी खूंटी में ही गंदी, चीकट नकेल खुंसी हुई थी। ऊंट उस नकेल को झुलाता हुआ अपनी धुन में दूरी नापता जा रहा था। उसकी मुड़ियल टांगों में अब थकान उतर आई थी और रह-रहकर घुटनों की हड्डियां बजने लगती थीं। कभी-कभी जबड़ों की पिसाई से एक करखरी आवाज़ उसके होंठों से फूट पड़ती थी। फिर ढेर-ढेर मैला झाग रास्ते में झरने लग जाता था।

पिछले छः सालों से इसी ऊंट की सवारी जस्सू को मिल रही थी।

बहुत सीधा और समझदार जानवर था। सबसे अच्छी बात यह थी कि धूल की टेकड़ियों को तोड़ तोड़कर चलने और कठिन से कठिन स्थिति में भी अपनी राह खोज लेने की जबर्दस्त सूझ हरदम इसके संग रहती थी। पता नहीं किस डाकिये ने नाम दे दिया था, मद्दू ! पाले की गुच्छा-गुच्छ आंधी में गर्दन धंसाकर बढ़ते हुए मद्दू ने आगे के बायें पैर को झटककर एक एड़ी लगाई। पूंछ तानकर कुछ मींगने फेंक दिए और सुस्ती झाड़कर बलबलाहट भरने लगा।

एकसार झोले खाते रहने के कारण जस्सू को हल्की-सी झपकी आ गई थी। वह उचककर आजू-बाजू झांकने लगा। पिलान की काठी जरा खिसककर टेढ़ी हो गई थी। उसने दोनों पांव उल्टी दिशा में लटका लिए ताकि सन्तुलन बिगड़े नहीं। पीठ से डाक के थैलों का बोरा लगा था। चिट्ठियों के नुकीले कोने चाम को छू रहे थे और रीढ़ को कुरेद-कुरेदकर चिनमिनी पैदा करने में जुटे थे।

चीलों का एक झुंड उठान में इस तरह सिकुड़कर पड़ा था कि कूड़े-कचरे की गोट लग रहा था। शाम के बाद का राख-रंग पतले-पतले धागे बनाता हुआ फैलने लगा था। सूखी पत्तियों की कसैली गंध और चरमर ध्वनियों ने माहौल को अनजाने उमड़कर घेरती हुई उदासी के बीच धकेल दिया था। जस्सू के चारों ओर अनिश्चितता हिल रही थी। उसने बेपरवाई से मुंह बिचका दिया। ऊंट के ऐड लगाई और डाक के एक फूले हुए बंडल को थपथपाने लगा।

मद्दू ने मालिक की उतावली को पकड़ लिया। वह उन स्थलों को ठीक-ठीक जानता था, जहां जस्सू में अकारण बेचैनी व्यापने लगती थी। उसने रजामन्दी के भाव से कान हिलाए और दौड़ने लगा।

अंधेरा पेड़ों की नंगी-निचाट डालियों से लिपट-लिपटकर विचित्र-सी मुद्राएं बनाने लगा था। वह रास्ते के बराबर काले हाशिए खींचकर सूनेपन के कुछ गाढ़े टुकड़े जड़ रहा था। जस्सू ने जीभ पर निचुड़े हुए अधखट्टे स्वाद को अन्दर उतारकर एक खाली-खाली-सी फुंकार नथुनों

में छोड़ दी और सामने घूर-घूरकर देखने लगा। मद्दू ने गंज-भरा नाद किया। जस्सू हंसा, "आ गया, अपना ठौर-ठिकाना आ गया। वह देखो डाकखाने की गुमटी। तुम्हें उसके जालीदार झरोखे नज़र आ रहे हैं न?"

उसने मद्दू की नाड़ के लसफुसे बालों को सहलाया। फिर उनकी डोरियां बंटने लगा और कई झुग्गे डाल दिए। मालिक के प्यार ने मद्दू के पुट्ठों में गरमास भर दी। उसने इकड़ी से दुकड़ी, फिर तिकड़ी और चौकड़ी तक पहुंचकर फलांगना शुरू कर दिया। पिलान खड़खड़ाकर आगे-पीछे होने लगा। डाक के बोरे में सलफलाट मच गई।

आखिर बस्ती के बाड़े नज़दीक आ गए। रोशनी के धब्बे भी इधर-उधर से उभरने लगे। गज़ब की सर्दी और अंधियारी थी। उस जमी हुई चुप्पी को तोड़कर कोई-कोई आवाज़ सरकंडे के तीर की तरह ऊपर उठ आती थी, पर तुरन्त किचमिचाकर लोप हो जाती थी। मद्दू अब मन्द गति से कुलांच रहा था।

एक गुमसुम मकान के आगे जस्सू ने नकेल खींच ली। मद्दू लम्बा हिचकोला देकर रुक गया और तसल्ली से टांगें चौड़ी कर मूतने लगा।

"हत् स्साले, थोड़ी देर सबर नहीं हुआ।" कहकर जस्सू ने उसकी पसलियों को जूते की नोंक से कोंच दिया और ओढ़े हुए कपड़े परे फेंककर नीचे कूद गया। हवा भर जाने से उसका कोट फूलकर ढोलकी जैसा हो गया और ठंडी धार चमड़ी छीलती हुई भीतर घुस गई। जस्सू की दांती किट-किट करने लगी। उसने हथेलियां फड़फड़ाकर 'जहे-जहे' की पूकार लगाई और मद्दू को बिठाने लगा।

मकान के दरवाज़े की संध में से उजास की एक लकीर गिर रही थी।

मद्दू घुटने टेक ज़मीन पर पसर गया और गर्दन रेत में डालकर खुजलाहट मिटाने लगा। उसकी थूथनी की सख्त, घिसी खाल में सुख-भरी गूं-गूं फिसल रही थी।

एक क्षण के लिए जस्सू ने कुछ सोचा, फिर डाक के बोरे की रस्सियां

खोलने लगा। वह मज़बूती से बंधा हुआ था और पिलान की गद्दी में ठंसकर पड़ा था। चौबीस मील के सफर ने उसे थोड़ा-बहुत ढीला अवश्य कर दिया था, पर खूंटियों के दबाव की वजह से खास फर्क नहीं आया था। तंग की पट्टी सरकाकर जस्सू ने बोरे को कुहनियों के बल उछाला। वह धप्प से दूसरी तरफ जा गिरा। मद्दू ने बिलबिलाहट के साथ खुशी प्रकट की। पिछले नौ घंटों से यह वज़न उनकी पीठ पर लदा हुआ था।

जस्सू जब पिलान उतारकर सीढ़ियों के पास रख रहा था, दरवाज़े के किवाड़ खुले और एक बूढ़ा कद बाहर निकला। उसने ठुड्डी तक लालटेन उठा रखी थी। कांच के गोले की छाया तिकोनी होकर पड़ रही थी और उसने झुरियों वाले बेढंगे चेहरे को तीन हिस्सों में बांट दिया था। ऐसा लग रहा था, जैसे औंधे कुल्हड़ पर टाट के पैबन्द चिपका दिए गए हों। फिर उनपर आढ़े-तिरछे नाक-नक्श खींचकर एक शक्ल बनाने की कोशिश की गई हो।

"रक्खे, जिन्दा हो न ?" जस्सू बोरे को चबूतरे पर चढ़ाता हुआ मुसकाया।

"मरे तुम्हारा बाप !" रक्खे ने लालटेन नीची कर ली और चुंधी-चुंधी आंखों पर हथेली झुकाकर सामान देखने लगा।

"मैंने तो सोचा, कहीं तुम्हारा प्रेत न आ गया हो !" कोने में बोरा पटककर जस्सू हांफने लगा। सहसा उसे कुछ याद आया। कोट के अन्दर कुर्ते की जेब से एक डिबिया निकालकर रक्खे को देता हआ बोला, "लो, सात फोटो हैं, खास।".

रक्खे का बुसा हुआ चेहरा एकदम खिल गया। वह नसवार का गुलाम था। उस फीकी रोशनी में, डिबिया को टटोलकर देखने के बाद, बड़बड़ाने लगा, "इस जस्सू जैसा खरा आदमी तीन जहान में नहीं मिलेगा, लेकिन जबान का खराब है। चाहे जो बक देता है।"

उसने देखा, जस्सू अंगुली डालकर मदद की नकेल ढीली कर रहा था।

वह ज़ोर से बोला, “इसे मैं ठान पर बांध दूंगा। चारे की घानी भी तैयार है। तुम अन्दर चलकर ताप लो।”

कम्बल कंधे पर डालकर जस्सू ने दरवाज़े की चौखट पार की। भैंस के पेट की तरह वह कमरा गर्म और उनींदा था। भीतों में बड़े-बड़े आले थे। उनमें डाकखाने की चीजें अंटी पड़ी थीं। रजिस्टर, छोटी-सी तराज़ू, गोंद की बोतल, काठ के पट्ठे, दवात, होल्डर, मुहरों के ठप्पे—अल्लम-बल्लम। दो बेंचें, जिनमें से एक सीधी और दूसरी उसीपर उल्टी पड़ी थी। उसके पाये इस तरह तनकर खड़े थे मानो गिरती हुई छत को रोक लेने की चेष्टा कर रहे हों।

रक्खे की खाट के सिरहाने की तरफ एक सिगड़ी में ताज़ा अंगारे धधक रहे थे। पोस्ट-मास्टर रामौतार, जिसका सिर झाड़ू की भांति गुंझट वाला था, चिमटी से अंगारों को तरतीब दे रहा था।

“जै नाथजी की !” जस्सू ने कहा और अपने शरीर से सिगड़ी को ढंक-सा लिया। कोट-कमीज़ के खुले बटनों पर अंगुलियां फिराते हुए रामौतार कुछ क्षण तो रूखेपन में ठिठका रहा। सहसा तश्तरी पोंछने के चिथड़े जैसे अपने चेहरे को ऐंठन देता हुआ बोला, “आ गए ? शहर के क्या हाल-चाल हैं ? सुना है, वहां नेहरूजी आने वाले हैं ? जानते हो, जब मैं पढ़ता था तो वे हमारे स्कूल में आए थे। तब वे नौजवान-से थे। आंदोलनों में उनका बड़ा नाम था। तमाम लड़कों को दूर हटाकर उन्होंने मेरे कंधे पर हाथ रखा था। शायद वे एक नज़र में ही पहचान गए थे कि मुझमें प्रतिभा है। मैं एक बार उस आदमी को फिर देखना चाहता हूं।”

जस्सू काफी गरमाहट ले चुका था। उसका पेट जलने लगा और कपड़ों में आंच ही आंच भर गई। वह जूते खोलकर तलुवे तपाने लगा। जल्दी ही बिवाइयां टीसने लगी और उनमें जमी हुई रेत बारीक शीशे की तरह कटखनी हो गई। उसने पैर समेट लिए।

“मैं तमाम अखबार ले आया हूं। आप पढ़ लें। मुझे तो कुछ मालूम नहीं है।” वह कम्बल को तहाते हुए बोला।

रामौतार खोया-खोया-सा अपनी आवाज़ को घिसटने लगा, "यह इलाका दुनिया से कितना कटा हुआ है ! ...मेरे दिल में बड़ी-बड़ी ख्वाहिशें थीं। अब तो मैं बिलकुल भूल गया हूं कि वे क्या थीं और कैसी थीं?"... 'शायद मैं नेता बनना चाहता था। उन दिनों मैंने लिंकन की जीवनी पढ़ी थी।...वह कितना महान् था, पर उसकी अपनी बीवी से नहीं बनती थी।... मैं नहीं जानता कि मुझे क्या होता जा रहा है आजकल। कोई भी नहीं जानता..."

जस्सू चुप रहा। इतना तो वह सोचता था कभी-कभार, किपोस्ट-मास्टर को कोई धारदार चीज़ काटे जा रही है और उसका यहां मन नहीं लगता। लेकिन वह चीज़ क्या है, जस्सू पड़ताल नहीं कर पाया था। ऐसा भी नहीं था कि इन रेतीले मैदानों के बीच वह नाखुश था। डाकखाने में काम न के बराबर था और रामौतार अकसर अपनी घोड़ी पर घूमने निकल जाता था। उसे हिरन पकड़ने का शौक था। टीलों और खाई-खंदकों के आलजाल में वे बहुत कठिनाई से काबू में आते थे, पर रामौतार ने किसी तरह छः हिरन फांस लिए थे। वे अब उसके बाड़े में रहने के आदी भी होते जा रहे थे।

किवाड़ ठोकर से भड़भड़ाए तो जस्सू ने मुड़कर देखा। जानवरों का डाक्टर था, भानमल। वह ओवरकोट में लदफद था और मुंह से निरन्तर सी-सी कर रहा था। जस्सू ने उसके लिए चौकी आगे कर दी। वह रोंयेदार दस्ताने उतारकर ढिगलू-सा बैठ गया।

"यह ठंड तो बीमार कर देगी।" उसने नाक सूड़ककर कहा।

जस्सू दस्तानों में से निकले उसके भूरे-गोरे हाथ देख रहा था, मानो उनपर किसी रोगन की चमक हो।

"मेरा छिबका हिरन तीन रोज से बीमार है, डाक्टर!" कहते हुए पोस्ट-मास्टर के गले में भर्राहट थी। वह होंठों पर चिपकी मूंछों की महीन-सी रेख चबा रहा था।—"तुम उसकी तरफ ध्यान नहीं दे रहे हो।"

"वह धीरे-धीरे ठीक होगा," डाक्टर ने रुखाई से कहा, "जब उसका

घाव सड़ने लगा तब तुमने मुझे बतलाया।"

"उसे दुपहर को बुखार हो गया था।" रामौतार ने चिनगी से सिगरेट सुलगाई और डाक्टर को थमा दी।

"तुम नहीं पियोगे?" डाक्टर ने धुआं निगलते हुए पूछा।

"नहीं, मैं रात को नहीं पीता। कब्ज़ हो जाती है।"

"हुंम!" डाक्टर सिगरेट की जलती हुई नोंक को तकने लगा, "तुमने छिबका की पट्टी बदल दी थी?"

"हां, मैंने उसे गरम पानी से नहलाया। गले के घाव को डिटोल से धोया और दवा लगा दी। लेकिन...मुझे लगता है, घाव में कीड़े पड़ गए हैं।" रामौतार उदास हो गया।

"तुम्हारा क्या है, तुम्हें तो न जाने क्या-क्या लगता रहता है!" डाक्टर के स्वर में व्यंग्य था, "दो-चार रोज़ में छिबका ठीक हो जाएगा, पर मुझे डर है कि कहीं तुम बीमार न पड़ जाओ।"

"पड़ भी गया तो तुम्हारे पास इलाज के लिए नहीं आऊंगा।" रामौतार भी कड़वा हो गया, "तुमसे जानवर ही ठीक नहीं होते..."

"डाक्टर साहब," जस्सू इस तनातनी को रोकने के लिए बीच में ही बोल पड़ा, "बराऊ में सन्दो मिला था, आपको याद कर रहा था।"

डाक्टर खिंचे-खिंचे होंठों से मुसकराया।

बराऊ की ढ़ाणी, जब जस्सू डाक लाने के लिए बाड़-मेर जाता था, तो रास्ते में पड़ती थी। लौटते में वह एकाध घंटा सन्दो के पास जरूर रुकता था। सन्दो जब्बर मिनख था और डाक्टर की भी उससे खुब पटती थी।

"सन्दो के पीछे पुलिस लगी है," रामौतार ने उपेक्षा दरसाते हुए कहा, "मैंने उस जैसा लोफर आज तक नहीं देखा।"

"चुप रहो। दीवारों के भी कान होते हैं। अगर यह बात सन्दो के कानों में पड़ गई तो वह तुम्हें भूनकर रख देगा।" डाक्टर सिगरेट की राख झाड़कर बोला।

"मैं उससे ज़्यादा अच्छा निशानेबाज़ हूं। चाहो तो कभी बुला लाना उसे और आजमा लेना।"

तभी रक्खे भुनभुनाता हुआ अन्दर आया। उसने लालटेन बेंच की उठी हुई टांग से लटका दी और जस्सू की तरफ मुड़कर खदबदाया, "तुम्हारे मन में रत्ती भर दया-मया नहीं है, पूरे कौव्वे हो कौव्वे !"

जस्सू सिगड़ी में नये कोयले डाल रहा था। उसने उचटती-सी निगाह से रक्खे का नख-शिख देखा और मुंह पर खुली मुट्ठी लगाकर आग में फूंक मारने लगा। तत्काल एक कांपती हुई लौ ऊपर उठी, फिर चट्-चट् की चिटख के साथ गहरी होने लगी।

"कुछ पता है, तुमने मद्दू के साथ क्या किया है ?" रक्खे खाट के नीचे से अपना हुक्का निकाल लाया और खीज में उसकी निगाली को ठोंक-ठोंककर साफ करने लगा।

"क्या हो गया ?" जस्सू ने पूछा, शांति से।

रामौतार उबासियां ले रहा था। डाक्टर ने रक्खे के गुस्सैल बुढ़ापे को तनिक दिलचस्पी से देखा, फिर तिनके से दांत कुचरने लगा।

"हुआ यह कि तुमने मदद् की घांटी छील दी है। उसे रास्ते भर दौड़ाते-पिदाते लाए हो, पर यह देखने की तकलीफ नहीं उठाई कि पिलान की फाचट कहां है और किस तरफ निकली हुई है। फाचट चार अंगुल मांस में घुस गई है। मैंने जब यों ही सहलाया तो वह टांगें पछाड़ने लगा। मद्दू बिना किसी ओचांट के कभी इस तरह का बरताव नहीं देता, इसलिए मैंने आहिस्ता-आहिस्ता जांच की। घांटी पर हाथ रखते ही वह तलफलाया। वहीं खाल कटी हुई थी। मैंने जब घाव पर खड़िया बूरा दबाया और गत्ते की चेप्पी लगाई तो उसे कुछ चैन मिला।"

रक्खे ने बाल्टी औंधाकर हुक्के के पेट में पानी भरा। निगाली से गुड़गुड़ाकर परख की और तब गोटी पर तम्बाकू की तहें जमाने लगा।

"उसने कुछ खाया-पिया है ?" रामौतार ने पूछा।

"हां-आं, चारे की तरफ तो उसने देखा तक नहीं। जरा गुमानी है न !

मैंने सोचा, दूर से चलकर आया है और सर्दी भी बेअंत है, तिल के साथ गुड़ चबाने से फायदा होगा। पट्ठे ने मज़े से चट कर लिया। दो-एक बार तो मेरा हाथ ही गले तक टूंग ले गया। पक्का शैतान है।" रक्खे ने जस्सू को कड़ाई से घूरकर कहा, "ला, एक खीरा दे।"

जस्सू ने जल्दी से अंगारा उठाकर उसके हुक्के की टोपी पर धर दिया। फिर हथेलियां रगड़-रगड़कर फट्-फट् करने लगा। वह रक्खे द्वारा दी गई तड़ी को हल्काना चाह रहा था।

बाहर हवा हूं-हूं करती हुई भाग रही थी। रात के अधीर सन्नाटे को उसकी बदहवास चीखों ने झकझोरकर रख दिया था।

सिगड़ी एकदम जगर होकर लाल फूलों के गुच्छ-सी चमक रही थी। आग की लपलपाहटें इस तरह चकरी दे रही थीं, मानो किसी रसदार पदार्थ को चाट रही हों। रामौतार बिना हिले-डुले, अपनी चौकी से चिपका हुआ सा, एक मकड़े को टकटकी लगाकर देख रहा था। मकड़ा छत की पट्टियों से खिसककर कभी उधर झूलने लगता और कभी पंजों के बल संभलकर कड़ी के सपाट कोने पर टिक जाता था। उसका घुंडी जैसा सिर गोलाई में फेरी दे रहा था। कुछ देर की चौकस खोजबीन के बाद वह एक सूराख पाने में सफल हो गया और उसमें आधा घुसड़कर पंजे तिरमिराने लगा।

रामौतार ने वहां से नज़रें हटा ली और एक बेसुध-सी मुसकान के संग उन तीनों की 'जांच' करने लगा, जो उसके निकट सोच-असोच का लेन-देन करते हुए प्रतीत हो रहे थे। तुरंत वह एक याचक की भांति कमजोर हो गया और अपनी मुसकान को चूसने लगा। उसके और दूसरों के बीच कितनी ही खाइयां खुदी हुई थीं, जिन्हें कोरे उपहास या आवेश से नहीं पाटा जा सकता था।

"मेरे विचार में..." वह बुदबुदाया, "दो-एक रोज़ में बर्फ पड़ेगी।"

डाक्टर ने पहले जस्सू की तरफ, फिर रक्खे को उझककर देखा और हा-हा कर हंस पड़ा।

"बर्फ तो पड़नी ही चाहिए।" उसने मजाक किया।

रामौतार सकपका गया। वह कोसानी का रहने वाला था और जब भी ठंड बढ़ जाती थी, बर्फ गिरने की उम्मीद करने लगता था। सौ-सवा सौ घरों की इस बस्ती—नेगिया में तो बारिश ही मुश्किल से होती थी। चारों ओर ऊबड़-खाबड़ रेगिस्तान, जो धूल-भरी मुट्ठियों के सिवा कुछ नहीं देता था। रामौतार को नेगिया में आए डेढ़ साल होने को आ गया था, पर वह अभी भी बर्फ को भूला नहीं था। डाक्टर उसके इस स्वभाव की अकसर खिंचाई करता था।

"तुम्हारा क्या खयाल है, बर्फ तीनेक फुट गहरी तो हो ही जाएगी !" डाक्टर ने सिगरेट का टोटा सिगड़ी में डालकर गंभीरता से पूछा।

रामौतार कुछ न बोला। उसने टोटे से निकलते धुएं के फीते पर आंखें जमा दीं। समूची दुनिया की घिन उसके मुंह में इकट्ठी हो गई। एक पल को इच्छा हुई कि कहीं थूक दे और उस दुर्गन्ध से छुटकारा पा ले, लेकिन यकायक वह उपेक्षा से छलछला उठा। थूक की गोली बनाकर उसने जीभ को इधर-उधर डुलाया, बिना किसी हिचक के गिटक को अन्दर उतार दिया। उसे लगा, एक मितलाहट अंतड़ियों में घुमड़ रही है और संपलिये की नाराज़ सांपिन की भांति पिटारी से बाहर फन निकालने के लिए तड़फड़ा रही है। रामौतार ने पिटारी का ढक्कन जोर से दबा दिया। उसके जबड़े कस गए। आश्वस्त हो जाने पर उसने स्वयं को ढीला छोड़ दिया। तब तक डाक्टर कोई किस्सा छेड़ बैठा था। जस्सू और रक्खे बड़े गौर से उसकी बातों को सुन रहे थे। रामौतार ने कोट की भीतरी जेब से सुपारी का खुरदरा टुकड़ा निकाला और उसे मंह में डालकर चिगलने लगा। सुपारी की छीलन उतर-उतरकर राल में फैलने लगी। ज्यों-ज्यों उसका घोल नीचे जाने लगा, एक भरोसा उगकर जड़ें छितराने के लिए उत्सुक हो उठा।

डाक्टर, जो कभी नागपुर में एक पत्र का नगर-संवाददाता रह चुका था, भौंहों को उठाता-गिराता हुआ आप– बीती बखान कर रहा था। उसके

चेहरे पर एक भोंथरे-से अभिमान का लेप था और बोलते-बोलते थोड़ा खम खाकर वह अपनी गांठदार नाक खुजाने लगता था। रक्खे हुक्के की नाल पकड़े उसकी तरफ ललचाई आंखों से देख रहा था। उसे डाक्टर के कहने का ढंग दिलचस्प लगता था। घटना के किसी मोड़ पर सहसा रुककर जब डाक्टर इस अन्दाज में सवालिया निगाहें फेंकता कि क्या तुम लोग मुझे झूठा समझ रहे हो या क्या मेरी बातों को किसी सबूत की ज़रूरत है—तो रक्खे मगन होकर गर्दन झटकारने लगता और 'आ-हो, आ-हो' के फिंचे हुए हल्ले के साथ प्रसन्नता व्यक्त करने लगता था। तब डाक्टर जैसे अपनी वाक्पटुता पर चकित होकर 'वर्णन' में तथ्यों और तमाशों को ठूंसना शुरू कर देता था।

"वे दिन भी कितने खुश्क थे। नागपुर मेरे लिए वीरान हो गया था। संपादक मेज पर मुट्ठियां पटककर कहता था, कोई जोरदार खबर लाओ, नहीं तो धंधा चौपट हो जाएगा। प्रेस की मशीन ऊंघती रहती थी और कम्पोजीटर अपने-अपने चौखानों पर झके हुए किसी ऐसी चर्चा में फंसे रहते थे, जिसका उनके कालम से कोई ताल्लुक नहीं था। नतीजा यह होता कि वे ढेरों गलतियां कर डालते थे और प्रूफ देखने वालों की आंखों से टपाटप आंसू गिरने लगते थे। मैं दौडता हुआ गलियों, बाजारों और भीड़वाले चौराहों पर जा खड़ा होता, आंखों में अंगुलियां डाल-डालकर खबरें तलाशने की कोशिश करता, पर वहां सन्तरों की बाढ़ के सिवा कोई न्यूज़ नहीं थी।"

"नागपुर के सन्तरों का बड़ा नाम है।" जस्सू ने इतने उछाह से मुंह चलाते हुए कहा, मानो उसमें कोई रसीली फांक ही दबी हुई हो।

डाक्टर चिढ़-भरे, नाटकीय स्वर में बोला, "मुझे तो सन्तरे देखते ही ऐसी झुंझलाहट होती थी कि बस चले तो उनके छिलके उतार लूं और लोगों की आंखों में निचोड़ दूं। मेरी तो नौकरी छुटने को हो आई थी। हर चीज़ में खबर ढूंढ़ता था और हर चीज़ खाली मिलती थी।"

"आखिर परेशान और पस्त होकर मैं एक सराय के बरामदे में बैठ

गया। पास ही रेलवे स्टेशन था। मुसाफिर आ रहे थे, जा रहे थे और मैं हरेक को कोस रहा था। उनके बिस्तर, अटैची और थैलों जैसे चेहरों पर घूंसे जमाने की इच्छा हो रही थी, पर यही सोचकर शांत था कि बदले में वे मेरी लुगदी बनाकर रख देंगे। मैंने जेब से डायरी निकाली। खिसियाकर उसमें लिखा, 'भानमल नामक गधा, जो अपने आपको रिपोर्टर कहता है, धूरे में घास ढूंढ़ रहा है।' और डायरी बन्द कर दी।"

डाक्टर अपनी शैली पर मुग्ध-सा अंगुलियां कटकाने लगा।

रक्खे तन्मयता से सुन रहा था और जस्सू इस तरह भौचका बैठा था मानो उसकी खोपड़ी पर कमेड़ी ने अंडा फोड़ दिया हो।

रामौतार बोला, "तुमने शायद पहली और अन्तिम बार अपने बारे में सच्ची बात लिखी।"

वह लालटेन की बत्ती को देखने लगा, जो हवा की झोंक में हिल रही थी और मैल अड़ जाने के कारण भुक्-भुक् कर रही थी।

"मिट्टी के तेल की सप्लाई वाले कै दिन से नहीं आए ?" उसने जस्सू से पूछा।

"आठ-नौ महीने तो हो ही गए।" जस्सू ने सोचते हुए उत्तर दिया।

डाक्टर की आंखों में रोष की तीखी कौंध आकर चली गई। उसने घुटनों पर हाथ रख लिए और शब्दों का गोर-बंद बुनने लगा।

"मेरा मतलब है कि...मुझे अपने से भी नफरत होने लगी थी। जब आदमी की ऐसी स्थिति हो जाती है तो वह सबसे दुखी होने लगता है। कोई भले की कहे तो बुरी लगती है। वह जानबूझकर उल्टे रास्ते खोजता है और उनपर चलने के लिए बेचैन हो उठता है। बस के कंडक्टर ने एक दफा मुझसे कहा, "खड़े क्यों हो, सीट पर बैठ जाओ।' मैंने अपना टिकट उसके मुंह पर दे मारा और चलती बस से कूद गया। फुटपाथ पर गिरा तो लहूलुहान हो गया, पर मुझे कंडक्टर से अपने अपमान का बदला चुकाना था। आज भी मैं नहीं जान पाया हूं कि उसने मेरा किस रूप में अपमान किया था? उसने तो मुझे बैठने के लिए ही कहा था, लेकिन मैं खामखाह आगबबूला हो उठा।

खैर.. तो मैं जला-भुना सराय के सामने जम गया और बेहूदा हरकतें करने लगा। असल में मैं खुद को ही माध्यम बनाकर न्यूज़ गढ़ने का मसाला तैयार करना चाहता था। मैंने माथा पकड़कर चीख मारी और फर्श पर लोटपोट होने लगा। फ़र्श चिकना और समतल था, इसलिए मुझे छटपटाने में भी 'आराम' मिलने लगा।

एक मुसाफिर मेरे पास आया। उसने हमदर्दी से मेरा माथा सहलाते हुए पूछा, 'क्या बात है ? कहीं दर्द हो रहा

'आग लगी है।' मैं चिल्लाया।

'कहां पर ?' उसके स्वर में करुणा थी।

'नागपुर में। वह देखो, सामने की दुकानें धू-धू करती हुई जल रही हैं।' मैं खड़ा हो गया और विस्फारित नेत्रों से चौतरफा देखने लगा।

वह चौंका, फिर धीमे-से बोला, "मैंने तो समझा रोगी है, यह तो पागल निकला।'

मैंने ठहाका लगाया।

वह डर गया और लम्बे-लम्बे डग भरता हुआ वहां से गायब हो गया।

बस, उस रोज़ की न्यूज़ बन गयी। मैंने खूब नमक-मिर्च लगाकर इस घटना का ब्यौरा पेश किया। संपादक ने थपकी दी, 'तुम पूरे जोश के साथ काम कर रहे हो।'

मैंने कहा, 'हो सकता है।'

यह मेरी अदा थी, अपनी प्रशंसा को सहने और प्रगाढ़ बनाने की।

इस तरह की रोचक खबरें मैं कुछ रोज तो चिपकाता रहा, फिर उनके खजाने का भी पेंदा नज़र आने लगा। मेरी हालत सूखने लगी। न दिन को सुकून, न रात को नींद। एक ढाबे में दो-चार फुलके खाता था, पर उनसे भी हाजमा बिगड़ने लगा। खिन्न मन से मैं पुलिया पर बैठा हुआ जग का मुजरा ले रहा था कि एक युवक मेरे पास आया।

‘क्या हालचाल हैं?’ उसने अपनापा जताते हुए पूछा।

‘अच्छे!’ मैंने भी जवाब मार दिया।

‘थाने के आदमी तो नहीं हो?’ उसने संदेह प्रकट किया।

मैंने सिर हिलाया, ‘नहीं। तुम्हें थाने से डर लगता है?’

‘हां, पेशा ही ऐसा है कि सिपाही की नज़र से बचकर रहना पड़ता है। आजकल वे सादी वर्दी में बहुत घुमते हैं।’

‘क्या करते हो?’

‘जेबकतरा हूं,’ उसने बेझिझक कहा, ‘एक गिरोह के साथ यहां आया हुआ हूं और कमाई के बहाने खोजता फिरता हूं।’

मेरी उत्सुकता जाग पड़ी। न्यूज़ रूपी शिकार स्वयं ही शेर की मांद में चला आया था। मैंने तय किया कि इस जेबकतरे के इण्टरव्यू से बेहतर और कोई प्रसंग नहीं हो सकता, इसलिए सामग्री जुटा लेनी चाहिए।

देर तक मैं उसे घिसता रहा और जेबकतरों के व्यवसाय की मन्दी-तेजी का अन्दरूनी नक्शा तैयार करने लगा। उसके उत्तर मेरी कल्पनाशक्ति को तीव्र करने वाले थे। मैंने कुछ नोट्स ले लेने की गरज से डायरी निकाली तो वह बिदका। निराश होकर बोला, ‘तो तुम भी रिपोर्टर हो!’

हकीकत यह थी कि वह खुद रिपोर्टर था और जेबकतरा होने की ‘इमेज’ देकर अपने अखबार के लिए न्यूज़ बना रहा था।

मेरे दिल पर एक साथ हजारों घूंसे पड़े। उसी रोज़ शाम को मैंने संपादक की मेज़ पर कई मुक्के जमाए, फिर अपना इस्तीफा रख दिया।”

डाक्टर ने मूंज के टुकड़े जैसा अपना कालर खींचा और आत्मतुष्टि से चिहुंककर आसपास देखा। रक्खे हुक्के की निगाली को टहनी की तरह दबाकर लुढ़क गया था और गर्दन तक चादर तानकर सुरड़-सुरड़ सो रहा था। जस्सू का सिर झुककर टखनों से जा लगा था। वह किसी स्कूली बच्चे

की तरह बाहें मोड़कर 'मुर्गा' बना हुआ था। दायीं कनपटी की एक नस तांबे के तार-सी फड़क रही थी।

सिर्फ रामौतार ही रुचि-अरुचि से पूरा किस्सा सुन पाया था। डाक्टर का अधेड़ चेहरा सलवटों से भर गया, झेंप की घेराबंदी के कारण, जैसे अंगोछे को निचोड़कर बिना फटकारे रख दिया गया हो।

"उसके बाद तुम जानवरों के हकीम बन गए।" रामौतार बिहंस दिया।

गर्म तेल के छींटे डाक्टर के जिस्म पर लगे, लेकिन उसने परवाह नहीं की और रक्खे को झिंझोड़कर बोला, "उठो भई, तुम तो अभी से लम्बे हो गए !"

रक्खे हड़बड़ाकर उठ गया। उसने पिचके-बुझे गालों को इस तरह चिबल-चिबल किया, मानो जीमने के बाद कुल्ले कर रहा हो। फिर उसने जस्सू को धकियाकर जगाया "हे कुंबकरन !"

जस्सू अक्का-बक्का आंखें मलने लगा। उसका मत्था जंग-लगे पतरे-सा चिपटा हो गया था। नाक दबकर सुग्गे की चोंच-जैसी हो गई थी और अपनी सुर्खी में फूं-फूं कर रही थी।

"अब सोना चाहिए।" कहकर रामौतार खड़ा हो गया।

डाक्टर ने पांव गरमाकर, जूते पहने और बिना कुछ बोले दरवाज़े के बाहर हो गया। उसकी पदचाप रात की सनसनी में फैलकर चौड़ी हो गई थी और ऐसा लग रहा था, मानो कोई खिजलाया हुआ पशु बार-बार भीत से अपना तन रगड़ रहा हो। एक तेज़ धमाका हुआ और उसके नीचे से अस्पष्ट-सा शोर फूट आया। शायद किसी की छाजन गिर पड़ी थी। कहीं से किसी के रोने या पता नहीं, गाने की लम्बी आवाज़ आ रही थी और वह मनचाहे ढंग से डुबकी लगा जाती थी।

"मुझे लगता है, इस भानमल ने मवेशियों की डाक्टरी का जो सर्टिफिकेट ले रखा है, वह जाली है।" रामौतार ने कहा और पीछे की एक सुरंग जैसी नाल पार कर अपने घर चला गया।

डाकखाने में दो कमरे थे। एक स्टोर और दूसरा 'दफ्तर'। साथ लगा हुआ मकान पोस्ट-मास्टर के लिए था। रक्खे चपरासी था और 'दफ्तर' में ही सोता था। जस्सू पखवारे में एक बार डाक लाने के लिए बाड़मेर जाता था। शेष दिनों में वह नेगिया से लगी हुई ढ़ाणियों में चिट्ठियां बांटता घूमता था। नेगिया में उसके रहने-सोने का इन्तज़ाम रक्खे के साझे में चलता था। माह भर में मुश्किल से पांच-छः रोज।

रामौतार के जाने के बाद रक्खे ने फर्श पर गूदड़ फैला दिए। फिर उन पर भेड़ और खच्चर के बालों से बने हुए लधड़ कम्बल डालते हुए बोला, "तुम्हें भूख लगी होगी। हांडी में बाटियां और दाल रखी है, खा लो।"

जस्सू अपनी जानी-पहचानी जगह पर पहुंच गया। उसकी आंते कुड़कुड़ बोल रही थी और सफर की थकान के कारण पलकें भी जबरन मुंदती जा रही थीं। हांडी में हाथ डालकर उसने बाजरे की बाटियां निकालीं और कोरी ही खाने लगा। कुछ क्षणों बाद उसे दाल का ध्यान आया तो देगची उठाकर कटोरे में औंधी कर दी। गुड़ का एक टुकड़ा भी हथेली पर रख लिया। एक बाटी का जला हुआ कौर उसकी दाड़ के नीचे चुरमुराया तो वह झूल्लाकर बोला, "रक्खे, तुमने सारी उमर रंडपने में बिता दी, पर एक बाटी भी ढंग से बनाना नहीं सीख सके। सबको सेंक-भूनकर राख कर देते हो।"

रक्खे रजिस्टरों को दो बस्तों में लपेटकर तकिए बना रहा था। रंडपने की बात पर बिगड़कर बोला, "भड़वे, तुमने कौन-सी पांच सात लुगाइयां मटियामेट कर दीं। मैं तो बूढ़ा हूं, पर तुम ससुरे भरी जवानी रंडुए पड़े हो।"

"कभी तो तुम भी जवान रहे होगे।" जस्सू ने छेड़ा।

"हां, जवान तो था ही, लेकिन तुम्हारी तरह औरतों के पीछे लुब्बर-लुब्बर करता नहीं घूमता था।" कहकर रक्खे कम्बल में घुस गया।

"मैं तुम्हारा हाकिम हूं, कायदे से बोला करो।" जस्सू ने मजे लेने के

लिए कुचरनी की और दाल में बाटी चूरने लगा।

"हाकम की ऐसी-कम-तैसी!" रक्खे कम्बल के अन्दर से बोला। उसकी आवाज़ बंधकर भारी पड़ गई थी, "तेरे को भावे तो खा। मैं तेरा चाकर नहीं हूं कि पतले-पतले मांडे पकाकर रखूं, छौंक देके दाल बघा रूं और घी को नितरा के छोड़ूं।"

"मैं तो यही सोचकर संतोष कर लेता हूं कि रक्खे मेरी लुगाई है।" जस्सू ने डकार ली मानो हांडी की ढकनी तोड़ी हो, "मेरे जोड़ का कोई दूसरा खसम तुम्हें मिलने वाला नहीं है।"

"अच्छा, खसम के खूंसड़े, अब सोवोगे भी या सारी रात यूं ही चिबर-चिबर करते रहोगे!"

रक्खे ने करवट बदली। कमर की हड्डी कड़कड़ा उठी। पीड़ा की एक लहर कूल्हों में उतर गई। उसने जांघों की दरार में हाथ दबोच लिए और पोटली की तरह भिंचकर सिसकारी भरने लगा।

"क्या है, रक्खे? पीठ का घाव कष्ट दे रहा है?" जस्सू ने घों-घों कर पूछा। उसके मुंह में आधी बाटी ठस्सी हुई थी। वह गला साफ करने लगा।

रक्खे ने जवाब में आं-ऊं की। उसके कन्धे दर्द के मारे छाजलों की भांति झुक गए थे। हर सांस के साथ रगें तन जाती थीं।

दाल का रसा पोंछकर जस्सू ने अंगूठा चूस लिया और हांडी को पीछे रखकर हाथ धोने लगा। लोटे को गलफाड़ पर साधकर उसने गटगट पानी पिया। दांतों पर जीभ फिराता हुआ वह अंगीठी के पास झुक गया। उसमें कुछ कोयले डाले और उठाए-उठाए रक्खे की बगल में जा बैठा।

अंगीठी बाजू रख दी। गले में लिपटा हुआ गुलूबंद खोला। उसकी मुठ्डी बनाकर जल्दी-जल्दी आग में तपाने लगा। कम्बल उघाड़कर उसने रक्खे की पीठ टटोली और उस पर गरम-गरम मुठड़ी दबाने लग गया।

अचानक रक्खे की छाती में चीस उठी और वह तड़पकर चित्त हो गया। उसका हर जोड़ पिरा रहा था। सांसों में गांठें-सी पड़ गई थीं। दर्द सहन न होने की वजह से मुंह में एक अजीब बर्राहट भर गई थी। आंखें बाहर फट पड़ी थीं और उनमें पीलिया तैरने लगा था।

जस्सू सब जगह सेंक करने लगा। तेजी से। मुठड़ी ने रक्खे की छाती के बालों को झुलसा दिया। चमड़ी राती हो गई। लालटेन के मन्द उजाले में ऐसा लग रहा था जैसे जस्सू रऽक्खे पर सवार होकर उसे चींथ रहा हो। वह उछल रहा था, जोर लगा रहा था, फूंकने की भांति बोल रहा था।

रक्खे का कसमसाना कम हो गया। डाक के बोरे की भांति उसने शरीर को हिलाया-डुलाया, फिर खामोश पड़ा रहा। उसकी आंखों की अधमुंदी सफेदी ने फड़फड़ाकर जस्तू को देखा, आंसू टूटकर गालों की नालियों में बहने लगे। एक फफक होंठों से निकली और रुंध गई।

"पिछले जनम में तू मेरा कौन था..." रक्खे आगे न बोल सका। उसने जस्सू का मुठड़ी वाला हाथ छाती पर भींच लिया और उफनाने लगा।

"बक-बक मत कर, नहीं तो पीड़ फिर उठ जाएगी।" जस्सू ने नाराज़गी से कहा और मुंडी फेर ली। उसकी पुतलियों में भी पानी चमकने लगा था।

कमरे में मौन व्याष गया। छत की कड़ियों पर चीजों की गडमड छायाएं कांप रही थीं। रक्खे इस तरह सांस छोड़ रहा था मानो चूल्हे पर बटलोही में धान सीज रहा हो और फनक-फनककर आवाज़ कर रहा हो।

जस्सू ने उठकर किवाड़ मूंद दिए और सांकल चढ़ा दी। पोस्ट-मास्टर के घर की राह में घुपाघुप्प अंधेरा खड़ा था। उसने लालटेन बुझा दी और अनुमान से बिस्तर पर आ गया। बैठे-बैठे कपड़े उतारे। अंगड़ाई ली। पांवों को मसला। कम्बल खींचकर लेट गया।

अंगीठी में थोड़े-से ताते खीरे थे और संवलाते जा रहे थे। उनकी मुरझाई हुई आभा फाक की तरह घेर डालकर बठ गई थी। जस्सू ने रक्खे

की तरफ मुंह कर लिया।

"अब कैसा है ?" उसने कोमलता से पूछा।

"ठीक है, बिरधापन की मार को कौन रोक सकता है!" रक्खे ने निसांस भरकर कहा। उसका मन कहीं और था। आंखों के सामने रंग-बिरंगे जाले उतर रहे थे, फैल रहे थे, टूट रहे थे। कुछ भारी-भारी और कड़वा-सा था जो जबान को खुलने नहीं दे रहा था।

डाकखाने की फाइलें चूहे कुतर रहे थे। वे कभी कैलेंडरों वाले आले में तो कभी टिकटों और कार्डों वाली सन्दूक के इर्द-गिर्द खड़बड़-खड़बड़ कर रहे थे।

जस्सू ने एक तगड़ी जम्हाई ली।

आखिर रक्खे ने कुनमुनाते हुए पूछा, "सन्दो मौज़ में है ?"

"हां। वैसे तो कोई खतरा नहीं उसे, पर गाबासी वाले मामले को लेकर वह ज़रा उलझन में पड़ गया है। थानेदार चाहता है कि उसको कम-से-कम आधा पैसा मिल जाए और सुरजा भी।"

जस्सू के स्वर में न लगाव था, न अलगाव। सिर्फ सूचना थी, आलस की जकड़न में ऐंठती हुई।

गाबासी जाटों की ढ़ाणी थी और बराऊ के राजपूतों से उसका पुश्तैनी बैर था। दशहरे के मेले में सन्दो ने गाबासी के आठ लोगों पर बन्दूक दाग दी। एक जाटणी सुरजा को उड़ाकर बराऊ ले आया। उसने मेले में एक बनिये की तिजोरी भी लूट ली, जिसमें अठारह सौ की कड़क गड्डी थी। तब से गाबासी वाले कई बार सन्दो पर हमला बोल चुके थे, परन्तु वह उनके काबू में नहीं आ रहा था। थाने वालों ने तो उसके सिर की बोली लगा दी थी। उनकी जीप सन्दो की तलाश में सब ओर भटकती रहती थी, लेकिन बराऊ का फलसा लांघने की हिम्मत नहीं कर पाती थी। राजपूतों की एक गामरू टोल बराऊ के नाकों पर पहरा देती थी और सन्दो अपने चौबारे में निधड़क सोता था। आए दिन गाबासी 'सन्देस' भी

भिजवा देता था कि सुरजा उसके मन भा गई है। गाबासी के जाटों का रोम-रोम उबलने लगता था।

"सन्दो ने अच्छा नहीं किया।" रक्खे तनहा-सा बोला। उसकी आवाज़ छिटककर अलग हो गई, "वह खुद जाट का खून है और उन्हीं से दुश्मनी मोल लेता है।"

जस्सू चौंका, जैसे अंधेरे में बिच्छू ने डंक लगा दिया हो। तड़ककर बोला, "क्या? सन्दो जाट का खून है? तुम क्या कह रहे हो? होश में हो?"

"है तो तुम्हारे लिए यह अचरज की बात, पर सही है।" रक्खे ने अंगीठी की अन्तिम चमक को घूरते हुए कहा, "सन्दो मेरा लड़का है।"

सचमुच, जस्सू अपने बिस्तर पर फुदक पड़ा। उसे जैसे किसी ने पहाड़ की चोटी पर से धक्का देकर गिरा दिया था। वह हाथ-पैर समेटकर बैठ गया और मुट्टर-मुट्टर रक्खे की ओर ताकने लगा। उसकी दृष्टि में उल्टे कीड़े की भांति तिलमिलाता हुआ अविश्वास था। चिबुक पर उत्तेजना की फड़कन से चेहरा विकृत हो गया था।

दीवारों ने अंधेरे को अंक में सोख लिया था और भुतैली आकृतियों में बंटने लगी थीं। रक्खे ने एक आकृति को पकड़ लिया, "भरोसा न हो मेरा तो सन्दो की माई से जाकर पूछ लो। मेरी सौगंध दिला देना, फिर सच बता देगी। बड़ी भली औरत है। अब तो वह भी खाटली से लग गई होगी स्यात्। उमर में मुझसे दसेक साल ज़्यादा है।"

जस्सू सांस रोककर सून रहा था, बोला, "सन्दो को यह सब मालूम है?"

"पता नहीं। अगर वह जानता तो सुरजा को हरगिज उठाकर नहीं ले जाता। नासमझ है। आगे जाकर अकल आएगी।" रक्खे ने नथने फुलाकर खाली कर दिए और कम्बल से माथा रगड़ता हुआ बोला, डूबे सुर में, "सन्दो की माई बराऊ के ठाकर-सा की गोली बनकर आई थी, दक्खिन से। तब मैं ही ढ़ाणियों में घूम-घूम डाक बांटता था। यह डाकखाना तो था नहीं, बाड़मेर

से एक असवार डाक दे जाता था, हर महीने। मैंने कोई पहल नहीं की, मुझे तो घर-घर जाना पड़ता था, सन्दो की माई ने ही एक रोज़ हाथ पकड़ लिया और कहने लगी, 'तुम इत्ते गुम्मड़ क्यों बने रहते हो? कुछ बोलचाल भी किया करो।' मैं चकरा गया। गोली के ठाठ निराले थे। वह ठाकर-सा की चहेती थी। आजकल यह जो पावडर आता है न, इससे भी ज़्यादा सुफेद-चिट्टा तो उसका रंग था। बाद में मैं अपनी नसों का तनाव नहीं रोक पाया। गोली ने तो इतना ऊधम मचाया कि मेरे साथ कहीं भी जाने को तैयार हो गई। मैंने मुश्किल से ठाकर-सा का भय जताकर समझाया-बुझाया, जान बचाई।"

अंगीठी ठंडी पड़ चुकी थी। डायन हवा, किवाड़ों की चूलें भड़भड़ा रही थी। एक बच्चे ने कहीं कूँ-कूँ की, फिर चुप्पा गया। जस्सू अन्धकार में आंखें मिचमिचाकर रक्खे के अस्तित्व को चीन्हने की कोशिश कर रहा था। रक्खे जाट, जो सन्दो का बाप था अब सहसा उसके लिए अजनबी-सा हो गया था!

□□

धूप खुल आई थी। टीन और खपरैल की छतें, जिनपर घाघरे, ओढ़ने, चद्दर और जांघिए सूखने के लिए डाल दिए गए थे, नियमित ढंग से चमक रही थीं। आसमान अभी भी मटमैला था, दुखियारे के हाव-भावों की तरह। उससे लगातार रेत के कण गिर रहे थे और यह याद दिलाते थे कि पिछले कुछ दिनों से हवा ने टीले के टीले उड़ा दिए थे। पेड़ इतने उबाऊ और अटपटे अन्दाज़ में उठंग थे कि लगता था, वे किसी का इन्तज़ार करते-करते थक गए हैं—कहना चाहिए कि विरक्ति की हद तक पहुंच गए हैं।

भानमल, जिसे पशुओं का डाक्टर होने के कारण ढ़ाणीठांव के वासी 'जिनावर स्साब' कहने लग गए थे, अपने अस्तबलनुमा मकान के दालान में खड़ा दातौन घिस रहा था। वह नीली धारियों का नाइट-सूट पहने था, जिसकी पेटी का धागा बगल में लटक रहा था। बालों में कंघा नहीं किया गया था और वे जो की बालियों की तरह माथे पर झूल रहे थे। वह ऐसे सिर झटक रहा था, जैसे अभी उसे धड़ से अलग कर डालेगा, फिर सबको गर्व से बतलाएगा कि देखो, हौंसला इसे कहते हैं ! उसकी बांहें धूपिया हो रही थीं और रूई में लिपटी मोगरियां-सी दिख रही थीं।

मकान में कुल मिलाकर ग्यारह कोठरियां थीं, जिनमें से एक में डाक्टर का निवास था। शेष जानवरों के लिए थीं। सामने के मैदान का कुछ हिस्सा झाड़ियों से घिरा हुआ था। वहां चार छप्पर डाल दिए गए थे ताकि वक्त ज़रूरत उनका उपयोग किया जा सके। पशु-चिकित्सालय में सिर्फ

डाक्टर ही था, इसलिए रोगी मवेशियों को लेकर आने वाले लोग अपने को कम्पाउण्डर समझते थे। वे दवा पिलाने या औजारपाती का बक्सा उठाने-रखने में डाक्टर की मदद करते थे।

दातौन-कुल्ला करने के बाद डाक्टर कोठरी के द्वार से लगकर बैठ गया मूढ़े पर और कैंची से नाखून काटने लगा। स्टोव पर रखा बर्तन खरन-खरन बोल रहा था। वह हिलने लगा और पानी के उबलते हुए धारे ढक्कन को उछालकर गिर पड़े। स्टोव का लुक बुझ गया। उसमें से सूंसाहट छूटने लगी। एक सख्त और विचलित कर देने वाली गंध फैल गई।

मज़बूर होकर डाक्टर उठा। उसने स्टोव की हवा निकाल दी। संडासी से पकड़कर केतली को नीचे पटक दिया। कुछ गर्म छींटे पांवों पर लगे। वह पीछे हट गया। एक पुड़िया में से चाय की काली पत्तियां निकालीं। उन्हें मुंह में भरकर चबाने लगा। फिर गिलास में पानी डालकर एक घंट पिया और स्फूर्ति महसूस करता हुआ नंगे फर्श पर चक्कर काटने लगा।

चाय की 'कठोरता' घूंट-घूंट अंदर उतर रही थी। प्रतिक्षण डाक्टर को लग रहा था, पेट की सिकुड़नें खुल रही हैं और नसों में सक्रियता आ गई है। पत्तियों का रस कभी गाढ़ा, कभी फीका स्वाद देकर गले की 'मालिश' करने लगा था। यह जीवन है, उसने सोचा, मैं इससे क्षमा मांगता हूं कि अब मुझे बख्शो। हर जगह गड्ढे और खंडहर हैं। आंखें बन्द कर लो और उनमें घंस जाओ। कोई टेढ़ा-मेढ़ा रास्ता मिले तो उसे पकड़ लो, लेकिन तुम जाओगे कहां ? हर जगह गन्दी है और बदबू दे रही है। जहां पैर रखोगे, लथपथ हो जाएंगे। कुछ भी करो, शर्म ढोनी पड़ेगी। इस कमीनेपन से दूर भागो, अकेले रहो, खूब खाओ-पियो, मौज करो और अपने को धोखा देते रहो। दुख और ग्लानि का दौरा पड़े कभी, तो मुंह नोंच लो। फिर एक-एक खरोंच को सहलाओ। उन पर मरहम लगाओ, रुई के फाहे चिपकाओ और कभी खत्म न होने वाली 'शान' में अकड़ जाओ।

डाक्टर ने गिलास खाली कर रख दिया और होंठ काटने लगा। उसने

नशेबाज की तरह आंखें फिराकर कोठरी का मुआयना किया। सब कुछ, नरक का एक हिस्सा था।

दवाइयों के मर्तबान मुंह खोले पड़े थे, सूअरों की भांति। तारपीन का तेल बिखर गया था और किताबों की ढेरी तक बह आया था। तख्ते पर ऐसे ढांचे-ढचरे लानत दे रहे थे, जिनका इस्तेमाल जानवरों को नियंत्रण में लाने के लिए किया जाता था। उसके नीचे बखारी में आटे का पीपा, बक्से, गद्दियां, नश्तर, मोम, आंत के डोरे और कितना ही अगड़म-सगड़म था। खिड़की के पास काठ की पट्टियों पर खाने-पीने का सामान और सफाई करने के ब्रश जमाए गए थे। ब्रश धूल में रपट गए थे और स्पष्ट था कि उनकी सुधबुध लेने में किसी को रुचि नहीं थी।

एक कोने में लोहे की पतली छड़ों का फ्रेम खड़ा कर कुछ तसवीरें चिपकाई गई थीं। वे फिल्मी सुन्दरियां थीं, जो अपनी अर्द्धनग्नता से मनहूसियत का आलम कम करने में यदा-कदा सफल हो जाती थीं। डाक्टर रुका और चिड़चिड़ाकर उसने एक सुन्दरी का स्तन तोड़ लिया। क्रोध में अस्तव्यस्त वह कागज़ की उस चिन्दी को मुट्ठी में मसलने लगा।

दरपन के एक टुकड़े के सामने वह बाल संवारने लगा। उसमें केवल नाक नज़र आ रही थी। कंघा बालों की गुच्छियों से भर गया। दंतियों में फूसी का मैल उड़ रहा था। डाक्टर उन गुच्छियों को निकालने लगा। हां, वह तेजी से गंजा हो रहा था। गंजे की मर्दानगी सबसे न्यारी होती है ! कहीं से सुना हुआ वाक्य उसने कर्कश स्वर में दुहराया और कंधे को मोड़कर लचकाता रहा। फिर उसकी शून्य दृष्टि खूंटी पर लटकते हुए पाजामे में उलझ गई, जिसका नाड़ा गुंजलक खाकर मरे हुए चमगादड़ की भांति झूल रहा था। डाक्टर के लिए इस तह तक पहुंचना कठिन था कि वह क्या सोच रहा है। विचार बुदबुदों की तरह उठते थे और फिसल जाते थे। उनके पीछे दौड़ना निरर्थकता का एहसास था और न दौड़ना कायरता का। आकार बन रहे थे, नष्ट हो रहे थे या यह सिर्फ डाक्टर का बहम था।

तभी एक चिड़िया आई और किवाड़ की पाटी पर बैठकर चूं-चूं करने लगी। वह चोंच से खपच्ची को तोड़ना चाह रही थी। इस प्रयत्न में उसने बड़ा दोष दरसाया और फुदक-फुदककर शोर मचाने लगी। डाक्टर ने डांटा, "बको मत !"

वह कुढ़कर आंखें तरेरने लगा।

चिड़िया ने एक बार चिंचियाकर विरोध प्रकट किया, पर तुरन्त अपनी तुच्छता को समझती हुई फुर्र हो गई। डाक्टर फिर अकेला पड़ गया, जैसे संकट को टालने के लिए उसने खिड़की का सहारा लिया और बाहर ताकने लगा। चावल के मांड-सी धूप खामोशी के साथ मैदान में पड़ी थी। एक डोकरी डबरी लिए हुए आई और कमर तक घाघरा उठाकर हगने बैठ गई। वह अपने में खोई कुछ गुनगुना रही थी, खांस रही थी, रेत में अंगुली चलाकर जाने कैसे-कैसे चित्र बना रही थी। फिर उसने चुल्लू में पानी लेकर छपक्-छपक् की आवाज़ निकाली और 'हर-हर' करती हुई खड़ी हो गई। डाक्टर के देखते-देखते वह टीले पार की झोंपड़ियों में ओझल हो गई।

कटोरदान लेकर डाक्टर ने मक्के की दो रोटियां निकालीं—बासी, गिचपिच। उनपर अचार की शीशी उंडेलकर वह मोटे-मोटे गस्से लेने लगा, जैसे एकदम भुक्कड़ हो और अनाज के लिए तरसता रहा हो। खाते-खाते मिर्ची लग गई। आंखों में पानी छलक आया। उसे आस्तीन से पोंछकर नाक सुड़क ली और रोटी तोड़ने लगा, मानो उसे रोटी ठूंसने के सिवाय कुछ भी न सूझ रहा हो।

"सब भूल जाओ और इस खाली कोटर को भर लो।" उसने सरपट ढंग से कहा और अपेक्षाकृत ज़िन्दादिली पैदा करने की भूमिका बनाने लगा।

खाना खत्म कर उसने नाक सिनकी, मुंह धोया और बकरी की खाल जैसे तौलिए को गर्दन के आगे-पीछे रगड़ा। चुस्ती आ गई। गीले सिर को थपथपाया और एड़ी दबाकर बेर की एक गुठली को किचर दिया। झपटकर खूंटी से कपड़े उतारे। नाइट-सूट खोलकर तख्ते पर फेंक दिया।

पतलून को टांगों पर चढ़ाया और कमीज़ अंदर खोंसने लगा। पेटी का बकसुआ कसते हुए लगा कि तोंद तरबूज़ की तरह बड़ी होती जा रही है। तीन के बजाय चार सूराख छूटने लगे थे और उन पर घिसे-घिसे निशान पड़ गए थे।

बाहर निकलकर दरवाज़े की कुंडी में ताला अटकाने लगा तो सात नम्बर की कोठरी में उखाड़-पछाड़ की आवाजें सुनाई दीं। डाक्टर ने पलटकर उधर देखा। एक भैंस सींगों और खुरों से बेतरह गर्द उड़ा रही थी। उसके नथुनों से कीच गिर रहा था। कान ढीले होकर बेजान-से हो गए थे। आंखों की किनारें सूज गई थीं और उन पर पपड़ियां जम रही थीं। डाक्टर के होंठ रहस्य-भरे अन्दाज में खिल गए। भेंस को 'नस उठ जाने' की तकलीफ हो गई थी और जब तक किसी ताकतवर भैंसे के साथ नहीं छोड़ दिया जाता, वह ठीक नहीं हो सकती थी। एक पाला-पोसा हुआ भैंस तीन नम्बर कोठरी में था, पर वह इन दिनों गरमी पर नहीं था और ज़रा निढाल-सा था।

हवा में नमी और ठंडापे का असर अधिक नहीं था। डाक्टर ने स्वेटर पहन कोट कन्धे पर टांग लिया था। गली में उसे भीमा मिला। वह फौज में रह चुका था और साल भर पहले नेफा में लड़ते हुए एक पैर गंवा आया था। ढाणियों के एक झगड़े में जब उसने अपने ढालेपन को सार्थक करना चाहा और बीच-बचाव के लिए दौड़धूप की तो लोगों ने गुद्दी पकड़कर उसे कुएं में डाल दिया। फिर उन्होंने ही भीमा को ज़िन्दा निकाल लिया। माथे में गहरी चोट आई। कई हफ्ते चारपाई तोड़ता रहा। उसका पिंड छोड़ा तो बर गली-फरगली बातें करता हुआ घूमने लगा। सबको पक्की जंच गई कि भीमा का चिल्ला फट गया है, अब वह ऊतपाटी और पागलपन के ही कारज करेगा।

डाक्टर भीमा का ऐंडा-बैंडा परलाप ध्यान से सुनता था, इसलिए उसे देखते ही वह बहस के लिए पट्टा कस लेता था।

'जिनावर स्साब!" भीमा ने हाथ हिलाकर डाक्टर को रोक लिया

और पेशानी में बल डालकर बोला, "मान लो दिल्ली की आबादी बढ़ते-बढ़ते नेगिया तक आ जाए तो अपन लोग कहां रहेंगे ?"

"कहीं भी रह लेंगे यार, क्या फर्क पड़ता है ! धरती बहुत बड़ी है।" डाक्टर ने उसकी चिन्ता को दूर करने के लिए कहा।

"कहीं कैसे रह लेंगे ? नेगिया हमारा है। अगर दिल्ली वालों ने इधर आंख उठाई तो हम ज़मीन के चप्पे-चप्पे के लिए लड़ेंगे, खून की नदियां बहा देंगे।" भीमा फनफनाकर चीखने लगा, "अगर हम आन से जीना जानते हैं तो मरना भी जानते हैं। कोई पापी हमारे सिर को झुका नहीं सकता। हम राणा प्रताप और शिवाजी के वंशज हैं... !"

वह फौज में सुनी हुई कोई 'स्पीच' बोल रहा था, रटन्तू की भांति। एक अदृश्य दुश्मन उसके सामने था और वह गला फाड़-फाड़कर उसे बतलाना चाहता था कि अन्तिम जीत हमारी है।

"लेकिन यार, दिल्ली तो हमारी ही राजधानी है। उसका विराध क्यों करते हो ?" डाक्टर को मज़ा आ रहा था, उसने बात का पलीता आगे बढ़ा दिया।

"राजधानी होने से क्या हुआ ? हम किसी के गुलाम नहीं हैं। कोई हमारी तरफ बुरी नज़र से देखेगा तो हम उसके दीदे फोड़कर धर देंगे, हम उसका भुर्ता बनाकर छोड़ेंगे, हम चीन की चटनी पीसकर खा जाएंगे। देखें, कोई हरामजादा क्या कर लेता है !"

"चीन का दिल्ली से क्या ताल्लुक है ? वह तो वहां से बहुत दूर है।" डाक्टर मसखरी पर उतर आया और पूरी संजीदगी से बोला।

"कित्ती दूर होगा ? सौ कोस ? कोई परवा नहीं, हम वहीं पहुंच जाएंगे।" भीमा का ज्वार मंद पड़ गया। वह तनिक नरमाई से बोला, 'चीन में एक रुप्पे की दो मेमें मिल जाती हैं, सारजंट ने बतलाया था।"

"तब तो तुम्हें वहीं जाना चाहिए।"

"जाना तो चाहता था, लेकिन ऐन मौके पर टांग दगा दे गई।" उसने बैशाखी की लकड़ी को ज़मीन पर पटका। आंखें उत्तेजना में सुर्ख हो गई

थीं। डाक्टर उनका सामना नहीं कर सका। उसे अपने अन्दर घबराहट-सी महसूस हुई। वह जल्दी-जल्दी डग भरता हुआ आगे बढ़ गया। एक ढूह में धंसते-धंसते बचा। पांव मुच गए। परेशानी से मुड़कर देखा, भीमा धोती का छोर समेटकर बगल की बाड़ सींच रहा था।

डाक्टर से बर्दाश्त नहीं हुआ। वह कराहता हुआ-सा चीखा, "भीमा !"

भीमा खी: खी: कर हंस पड़ा। मासूमियत से बोला, "राकिट छोड़ रहा हूं। थोड़ी ही दूर जा रहा है।"

अचानक जैसे गली संकरा गई। दोनों तरफ की कंटीली बाड़ में डाक्टर के पांव उलझ गए और रक्त चूने लगा। एक दमघोट गंध ने हवा को अपनी गिरफ्त में ले लिया।

डाक्टर भागने-सा लगा। भीमा पता नहीं, किसको तड़ातड़ गालियां देने लगा था। कुछ क्षणों बाद वह उन्हें लय में सजाने लगा और एक वर्णनात्मक गीत की भांति गाता रहा।

डाकखाना दाहिनी ओर था। उसके मुख पर काला रंग पोतकर बोर्ड बनाया गया था और उस पर चाक से कुछ सूचनाएं अंकित की गई थीं, जिनका पढ़ा जाना मुश्किल था। सन्दो ने तो एक बार शर्त लगा दी थी, पर काफी ममज़पच्ची के बाद भी पोस्ट-मास्टर किसी हर्फ को निश्चित नहीं कर पाया।

जस्सू डाक की छंटनी कर रहा था। चिट्ठियों ने उसके गिर्द पिंजरा-सा बना दिया था और वह उसमें बन्द सिर धुन रहा था। रक्खे दीवार से पीठ टिकाए चमड़े का एक तल्ला ठोंक रहा था। वह प्रायः निठल्ला रहता था, इसलिए वक्त काटने के लिए जूतियों की गांठ-सांठ करता था। मोची के इस काम में उसने चालू हुनर हासिल कर लिया था और गर्ज़ पड़ने पर लोग उसके पास आते थे। तब रक्खे की मान-मनुहार होती थी। हथेली पर 'अम्मल' रखकर पेश किया जाता था। रक्खे भी जांघड़ अफीनची की तरह गर्दन के टिल्ले देने लगता था। पोस्ट-मास्टर

तो कहता था, उसे अफीम का टुकड़ा दिखला दो और दस मील पैदल दौड़ा लो,नटेगा नहीं।

डाक्टर को देखकर रक्खे तबीयत से मुसकराया और जूते का फरमा कसने लगा। फिर उसने सुई-धागा जस्सू को पकड़ाते हुए कहा, "ले, इसे पिरो दे। मुझे दिखता नहीं है। दु-तार करके डालना नहीं तो बार-बार टूटेगा।"

"रामौतार कहां है?" डाक्टर ने पूछा। वह फर्श पर कदम ताल-सी देता हुआ डोल रहा था और बार-बार कन्धे मरोड़कर मांसपेशियों की उथल-पुथल को देखने लगता था। आधी बांहों की कमीज़ और शक्करपारों की डिज़ाइन वाले स्वेटर में उसकी तन्दुरुस्ती की ढलुआं थकानें छिप गई थीं। वह ताज़ा और दमदार लग रहा था।

"हिरनों से खेल रहे हैं। आप भी चले जाइए।" कहकर जस्सू ने शैतानी से रक्खे की तरफ सैन लगाई।

रक्खे ने कतरनी से चमड़े की लीरी काटते हुए हौंठ चौड़े कर दिए।

डाक्टर विहंसकर कोट पहनने लगा।

"मौसम खराब होता जा रहा है।" उसने कहा।

आकाश में सरदी के बादल थे। किसी भी क्षण धोखा देने के लिए मुस्तैद। उनके बीच से धूप की शहतीरें छूट रही थीं। उनमें जूड़ी बुखार की सी कंपकंपी और सन्नफन्न थी। साथ-साथ बेतुकी गंध, जैसे कड़ाही में तीतर भूना जा रहा हो।

"ऐसी रुत बूढ़े-बडेरों को लेकर जाती है।" रक्खे ने दो तल्ले सीधे बिछा दिए और उन्हें चिपकाने के लिए लेही में अंगुली चलाने लगा।

जस्सू ने अचकचाकर रक्खे की ओर देखा। उसके गालों की हड्डियां धनुही की भांति तनक रही थीं। उन पर चमड़ी की बारीक ढीली परत कसी हुई थी, जिसमें झुर्रियों की आवा-जाही के बावजूद नीली, अशांत नसों को साफसाफ पहचाना जा सकता था। टुड्डी चुकन्दर-सी चिपकी हुई थी। उसके ठीक नीचे गले का टेंटुवा लट्टू की तरह हिल-डुल रहा था।

"तुम्हारे रवाना होने में अभी देर है।" डाक्टर एक मुहर को उलट-पुलटकर पढ़ने लगा।

"तुमसे हाथापाई करने वाले जमदूत के डेढ़ गज़ का कलेजा होना चाहिए।" जस्सू विषय को बदलने के लिए लिफाफे में आंखें गड़ाकर बोला, "न मालूम, पता लिखते वक्त लोग सुस्त क्यों पड़ जाते हैं ? सब जगह फिजूलखर्ची करेंगे, पर यहां किफायत बरतेंगे और टिमकियां लगाकर छोड़ देंगे।"

"भीमा मिला था।" डाक्टर बोला।

"उस्ताद है वो भी।"

जस्सू ने चिट्ठियों के एक बंडल को खाकी थैले में डाल दिया।

"कह रहा था, खून की नदियां बहा देंगे।" डाक्टर ने कन्धे गिराए।

रक्खे मुंह बिचकाकर हंसा, "उसके भेजे में तो चौबीस घड़ी मार-काट मची रहती है। देखना, किसी दिन फिर कोई उसकी खोपड़ी पर नारियल फोड़ देगा।"

"सुसरा आजकल कसरत भी करने लगा है। कहता है, हमारे जनरल सा'ब को नेहरू जी ने नौकरी से निकाल दिया सो उस लाट को सबक सिखाना है।" जस्सू ने कहा। वह छंटनी कर चुका था और चिट्ठियों को ढ़ाणियों के हिसाब से अलग-अलग थैलों में जमा रहा था।

"रामौतार को मालूम पड़ गया तो उसकी ढिबरी टेंट कर देगा। वह नेहरू जी का खास भगत है।" डाक्टर ने तिरछी निगाह से पोस्ट-मास्टर के घर वाली नाल को देखा। उसमें पीले पंखों वाले ततैये भनभना रहे थे और एक छत्ता गढ़ने में मशगूल थे।

"ये झूंवारलाल आदमी तो कड़क का है। सारी दुनिया में मानता है इसकी। कपड़े भी रोज़ बिलायत से धुलके आते हैं, तब पहनता है।" रक्खे जोश में बोला।

"अच्छा, तो तुम भी रामौतार की तरह बोलने लगे!" डाक्टर ने कहा, "बोलो, ठसक के साथ बोलो। अपन ने तो जबसे अखबार का धन्धा छोड़ा, राजनीति को लात मार दी बड़ी गन्दी सनक है। जिस पर चढ़ जाती है,

उसकी तो हरी खेती उजाड़कर रख देती है।"

"सही बात है।" जस्सू ने हामी भरी।

एक पल रुककर डाक्टर ने पूछा, "कल जा रहे हो?"

जस्सू ने स्वीकार में सिर हिलाया, "ऐसी गत बिगड़ी हुई है कि जान सूख रही है। सभी ढ़ाणियों में जाना होगा क्योंकि हरेक की डाक है। हमेशा सोचता हूं कि एकाध तो छूटे जिससे मुझे कम चक्कर लगाना पड़े, पर यह साध पूरी नहीं होती।"

"इस जाड़े में डाक बांटते घूमने से तो फांसी की रस्सी भली।" रक्खे ने जूते पर रंग पोतकर सूखने के लिए रख दिया और बाल्टी में हाथ धोने लगा।

"मैंने उस रस्सी को सरकफांस देकर गले में डाल लिया है। न प्राण निकलते हैं, न छूट मिलती है। जब तक सामरथ है, भागते रहो।"

"तुम्हें यह नौकरी छोड़-छिटकाकर जयपुर चले जाना चाहिए और कोई ऐसा काम करना चाहिए, जिसमें अपना वक्त, अपना आराम हो।" डाक्टर ने डूबे कंठ से कहा। वह व्यतीत के एक गाढ़े रंग को देखने लगा था, मैदान के उस सुरझाये हुए विस्तार में, इस उम्मीद के साथ कि वह अभी उसके संग जुड़ जाएगा। लेकिन...कटे हुए अंग को जोड़ना बहुत कठिन है, उस समय, जब कि वह मर चुका होता है। ...मैदान में रेवड़ की डार जा रही थी। एक चरवाहा उसे लाठी से हांकता हुआ चहच्चहचः की पुकार लगा रहा था। भेड़ें, और भेड़े, और भेड़ें। सिर झुकाए। अपने आप से लज्जित !... सभी इसी तरह चल रहे हैं। यातना की हर धार को जानते हुए भी बेखबर। और बचाव क्या है ?

"अब आप ही समझाइए। मेरी बात तो इसे लगती नहीं। गलती को सुधार लेने में क्या हर्ज है ?"

जस्सू के चोट लगी। तमककर बोला, "मैंने कोई गलती नहीं की।" रक्खे कुछ नहीं बोला। वह जानता था, जस्सू को यह चर्चा अच्छी नहीं

लगती, उल्टे उसको एकदम गुस्से की झाल आती है। जस्सू जयपुर का ही था। तेरह साल का था तो एक दिन भाइयों से झगड़कर घर छोड़ दिया। खूब भटका। भूखा मरा। भांति-भांति के पापड़ बेले, पलोथन लगाया, पर मुड़ने का नाम नहीं लिया। एक सुनीम के पग चांप-चांप कर पढ़ना-लिखना सीखा। पोस्टमैन बना और इस मुर्दार इलाके में भेज दिया गया।

"मैं पूछता हूं, क्या गलती की है मैंने ?"

जस्सू की आंखें लाल-चुट् हो गई थीं। चेहरा तमतमा उठा था।

"मेरा मतलब था कि तुम पढ़े-लिखे हो और ढंग से ज़िन्दगी गुज़ार सकते हो।" रक्खे ने माफी-सी मांगी।

"हर आदमी भगोड़ा होता है।" डाक्टर एक कागज़ को उंगली पर लपेटते-खोलते कहने लगा, "वह सब चीज़ों को स्वीकार नहीं कर सकता। वे अकारण हावी होने लगती हैं, जोंक की तरह खून चूसने लगती हैं, तब उसे किसी-न-किसी को झटकना पड़ता है। छोड़े बिना निस्तार नहीं। जीवित रहने के लिए यह ज़रूरी है। क्या तुम्हें लगता है कि मैं उचक्का हूं और गबन कर सकता हूं?"

रक्खे और जस्सू दम साधे, हैरान-से डाक्टर को देख रहे थे।

"खैर, मुझे भी पता नहीं कि मैं शक्ल से कैसा लगता हूं। रोज़ आईने में देखना शक्ल को गायब कर देता है और उसकी पहचान धुंधली होती चली जाती है। हम अपने-जैसे किसी और आदमी को देखने के आदी हो जाते हैं। फिर सोच लेते हैं कि सब कुछ ठीक-ठाक है। कहीं कोई गलत-फहमी नहीं है।...मैं एक छोटे कस्बे बगहा में जन्मा, बड़ा हुआ और दरभंगा की बैंक में नौकर हो गया। दिनभर रुपये गिनना और हिसाब मिलाना। मैं ऊबता गया। तभी साथ के एक कर्मचारी की सास को लकवा हो गया। उसे पैसों की ज़रूरत थी। इलाज कराना था। मैंने बिना हिचकिचाहट के दो हज़ार रुपये पकड़ा दिए। मैनेजर ने हिसाब में घाटा पाया तो मुझ पर शक किया और पुलिस में

रिपोर्ट कर दी। मैं भाग छूटा, उसी दिन। इस गाड़ी से, उस गाड़ी में—बिना रुके आवारागर्दी करता रहा। पूरे दो साल। बाद में पता चला कि उस कर्मचारी ने अपराध अपने पर ले लिया था। मुझे कोई फर्क नहीं पड़ा। मैं तो बस रुपये गिनने-गिनाने की उकताहट से मुक्त हो गया था और वापस अपनी खुशी तक जा पहुंचा था।...अब उतनी बोरियत नहीं होती क्योंकि वह अलग और थोपी हुई नहीं जान पड़ती, दिनचर्या में रस-बस गई है।...एक सीढ़ी ऐसी आती है, जिस पर हम विचारशून्य होकर बैठ जाते हैं। तब फुरसत अच्छी लगने लगती है और हम उसका उत्सव मनाने लग जाते हैं।"

डाक्टर ने कोट की जेब उलट दी। उसमें से मुड़ी-तुड़ी एक सिगरेट निकली। उसे होंठों में दबाकर वह सोचती आंखों से उस बदरंग तगारी को घूरने लगा, जिसमें जूतियां बनाने-गांठने के कील-पाती रखे हुए थे। जस्सू ने गूदड़ की आड़ में रखे डिब्बे में से माचिस निकाली और सर्र से तिल्ली घिसकर डाक्टर की सिगरेट जला दी। उसके मन में पहली दफा डाक्टर के लिए सहानुभूति की लोर पैदा हुई। उसे लगा, डाक्टर का सन्ताप इतना व्यापक है कि वह उसमें शामिल हो सकता है।

"तुम मानते हो कि ईश्वर कहीं है और हमारी तमाम हरकतों को देखता है.?" डाक्टर ने पूछा। जस्सू और रक्खे जवाब देने से पहले एक-दूसरे का मुंह ताकने लगे, पर डाक्टर ने तो यह सवाल अपने आप से ही किया था।

"असल में ईश्वर कुछ नहीं है, सिर्फ एक खयाल है—जैसे जीवन, जैसे धूप, जैसे पानी एक खयाल है और इसीलिए सच है।"

वे दोनों समझ नहीं पा रहे थे कि डाक्टर क्या कहना चाहता है। पर उन्हें लग रहा था, वह अपनी बातों के जरिए किसी फोड़े में छेद कर रहा है जिससे मवाद बह सके, टीसना रुक सके। उनके पल्ले जितना पड़ा, उसी को थामकर वे डाक्टर की उधेड़बुन में भागीदार बन गए और एक-एक शब्द को इस तरह पीने लगे, मानो वह उनका अपना हो, अंतरंग!

"किसी को मौका मिलता है, किसी को नहीं मिलता कि वह विश्वास करना सीख सके या नीयत बदलने के वे तरीके जान सके, जो एकान्त में ही सही, उसे इतमीनान की सांस देते हैं। रक्खे विश्वास करना जानता है क्योंकि उसके पास अविश्वास का कोई कारण नहीं है। उसके लिए ईश्वर एक आदत है जो भली लगती है। जस्सू इस आदत को भुलाए रहता है। उसे बुरी लगती है पर ज़रूरी भी। मैं केवल सोचता हूं। कभी सपाट, कभी असंगत, कभी तर्क से परे। इस तरह अपने को विश्वास के लायक बनाए रखता हूं।"

डाक्टर चुपचाप सिगरेट पीने लगा। वातावरण बोझिल, निरीह और अस्वस्थ हो गया—इस तरह कि ज़रा-सा खटका होते ही किसी चीज़ के बिछुड़ जाने की आशंका हो सकती थी। एक निरंकुश दीप्ति थरथरा रही थी।

"आप इतना सब कैसे जानते हैं?" जस्सू को अपना स्वर इतना अपरिचित कभी नहीं लगा था। उसमें जिज्ञासा नहीं, कातरता थी। निःसंग और निर्दय!

डाक्टर धुएं को देखता रहा। उसके चेहरे के गिर्द कांपते छल्लों का फीका प्रभा-मंडल बन गया था।

"शायद मैं कुछ कहना चाहता हूं, पर...वह साफ-साफ नहीं है।" जस्सू ने धीमे से कहा और सिर झुका लिया।

रक्खे हैरत में ऊभ-चुभ गाल खुजा रहा था। उसे डाक्टर और जस्सू, स्वभाव के विपरीत लग रहे थे। एक बार तो मन में आया कि कोई मूर्खता की बात कहकर उन्हें टोक दे, पर फिर वह खुद भावुक हो गया और बोला, "जिसके करम में जो लिखा होता है, वही भोगता है। उसे टालना मिनख के बस में नहीं।"

डाक्टर ने होंठों से सीटी बजाई और खिंचा-खिंचा बोला, "ये हुई लाख टके की बात। होनी-अनहोनी करम लेखे। न मैं देखू न तू देखे।"

जस्सू की स्वप्नावस्था भंग हो गई।

"तुम सीधे निकलोगे या यहां होकर बाड़मेर जाओगे?" डाक्टर ने जस्सू से प्रश्न किया।

"लौटकर क्या करूंगा? दुहरा चक्कर पड़ेगा। यह बांटकर अगली डाक लेने तो जाना है ही। उधर से चला जाऊंगा।"

"तो मेरे लिए ब्लेड्स का एक पैकेट ले आना।"

तभी नाल में स्लीपर बजाती हुई बन्ना अन्दर आई। वह ठिगने सूत की सधी हुई औरत थी और हरदम हंसती रहती थी। पोस्ट-मास्टर की बीवी होने के कारण उसका ज़्यादा समय लेटने या उकताने और इमली के दाने चबाने में गुज़रता था। उसे गरारे पर दुपट्टा ओढ़ना अच्छा लगता था, पर लापरवाही में कभी-कभी वह खाली पेटीकोट के साथ भी ऐसा कर लेती थी। उसका चेहरा गोल था, जिसपर उमंगे बरसती रहती थीं। तात्पर्य यह कि मायूसी के प्रति उसका कोई लगाव-लपका नहीं था। आंखें तनिक कंजी, गाल भारी और बाईं कनपटी के पास चौकोर निशान था, जो उसके गोरेपन को एक इज़्ज़त देता था। डाक्टर को देखकर उसने आश्चर्य व्यक्त करने की भंगिमा अपनायी और भौंहें नचाकर बोली, "अरे, आप कब से यहां हैं?"

डाक्टर मुसकराकर कोट का कालर सहलाने लगा।

बन्ना गरारे की सरसराहट में तैरती हुई सी बेंच तक गई और उसका घेर समेटकर आहिस्ता से बैठ गई। उसने माथे के बालों को कोमलता से छुआ, और पीछे ले जाकर पिन में खोंस दिया। हाथों को गोद में रखकर बोली, "मैं तो सो रही थी बस। दुपहरी में मुझे लेटते ही नींद आ जाती है। अचानक मैंने किसी के रोने की आवाज़ सुनी। पहले तो सोचा, सपना-वपना होगा। लेकिन जब वह कानों में घुसकर चुभने लगी तो मैं जाग गई। जानते हो, क्या मामला था?"

उसने रक्खे की तरफ झुककर गर्दन में खम दिया, "तुम्हारे साहब ढां-ढां करके रो रहे थे। सच्ची, मैं झूठ नहीं बोल रही हूं। पूछ लेना उनसे। मैं तो घबरा गई, उनका बुरा हाल देखकर। आंसू इतनी तेज़ रफ्तार से बह रहे थे कि नाले भर जाएं। पुचकारा, मनाया, पूछा तो मालूम पड़ा कि उनका प्यारा-दुलारा छिबका मर गया था। एक हिरन के शोक में किसी को इतना

विलाप करते देखा है तुमने ?"

वह खिलखिला पड़ी और आवेग की तीव्रता में घुटनों पर थपकियां देने लगी।

"आपने कोई गर्म कपड़ा नहीं पहन रखा है, ठंड खा जाएंगी। इन दिनों की हवा दगा करने वाली है।" डाक्टर ने कहा और कनखी से उस कशीदे बुने फूल को देखने लगा, जो बन्ना के वक्ष पर अंगारे की तरह उभरा हुआ था।

"मैं तो अभी रजाई में ही दुबकी हुई थी। आप लोगों की आवाज़ सुनी तो इधर चली आई।" बन्ना के चेहरे का अलसायापन गहरा हो उठा। उसने हल्की-सी अंगड़ाई लेकर तन झटक दिया। सांस चढ़ने से छातियां कस गई और अगिन फूल बड़ा होकर तपने लगा।

डाक्टर की आंखें स्थिर और सिगरेट पीने के कारण कुछ भीगी-भीगी सी थीं, जैसे किसी भील की सतह से ऊपर उठी हों। बन्ना के संग रहते समय वह एक अटपटे संकोच में निःशब्द होकर ठहर जाता था। वह इतने खुलेपन का आदी नहीं था। उसे लगता था, बन्ना एक मुक्त नदी है—अथाह जल वाली, जो रेगिस्तान में आकर भी सूखी नहीं है। बह रही है, निरन्तर बह रही है—अपनी ही हंसी, अपने ही छलकते स्वरों से घिरी हुई। कभी किसी क्षण एक खिंचाव बन्ना की उजली दृष्टी में उभरने लगता था, पर वह इतना धूमिल था कि अलग से नहीं 'पुकारा' जा सकता था। पतंगे की तरह अपने पंखों की छाया डालता था और लोप हो जाता था।

रक्खे उत्सुक निगाहों से बन्ना के पांवों को देख रहा था। वे कच्चे मक्खन जैसे थे हालांकि एड़ियों में कुछ फटी-फटी धारियां भी निकल आई थीं। दोनों पंजे पास-पास थे, सिकुड़े हुए, मानो सो रहे हों। वे हिले, आगे-पीछे हुए, एक संगीत में बंधे-बंधे से थिर हो गए।

"मेरी जूतियां कितनी तैयार हो गईं ?" बन्ना ने उमग कर पूछा।

"अभी तो सांचा दिया है और रंग का पहला हाथ लगाया है।" रक्खे ने कहा और जूतियों के दोनों तल्ले उठा कर दिखलाने लगा।

बन्ना रक्खे के सामने आकर खड़ी हो गई। उसके शरीर की बनावट में एक झूम थी, जो जब-तब अंग-अंग से फूटने लगती थी। किरनों की भांति। नहीं, सूरजमुखी की कलियों की भांति, डाक्टर ने सोचा। उसकी तरफ अब बन्ना की पीठ थी। एक चिकनी, मांसल पट्टी। वह उसे बिना झिझक देख सकता था। बालों का जूड़ा यों ही सा बना दिया गया था और भरी-भरी गर्दन पर भूरे रोंये खुल आए थे। क्यारी में जैसे अंकुर। कूल्हों की गोलाइयां गरारे की शिकनों को बेधती हुई मन्द-मन्द कांप रही थीं। डाक्टर की शिराओं में रक्त बजने लगा, जैसे विलम्बित से द्रुत की ओर बढ़ता हुआ सरोद झनझनाता है—पग-पग पर झिड़कता है, झटके देता है। एक अभाव रोम-रोम को छीलता हुआ गुज़रने लगा।

रक्खे ने जूतियों के खोल उतारकर बन्ना के पांवों में पहनाए। परखे। ठीक नाप के थे और टांका कहीं अड़ता नहीं था।

"कसते तो नहीं हैं ?" उसने तनिक घबराहट से पूछा।

"तुम्हारे हाथों में जादू है रक्खे, रेशम जैसे बनाए हैं।" बन्ना खुश हो गई। उसी पुलक में वह खोल पहने ही चलकर देखने लगी।

"ना-ना, अभी इन पर जोर मत डालिए।" रक्खे ने उथलकर टोका, "सारी सिलाई उधड़ जाएगी।"

बन्ना ठिठक गई। उसने हंसते हुए पांव निकाल लिए।

"रक्खे तो अब 'बाटा' में जाने वाला है। लोग निहोरे कर रहे हैं।" जस्सू ने रंगत देते हुए कहा।

"हां, वहां इसके गुण की कद्र हो सकती है।" डाक्टर के स्वर में तारीफ थी। सिगरेट का जलता सिरा अंगुलियों तक आ गया तो उसे फर्श पर डालकर रगड़ दिया। एक कराह की तरह उसमें से धुएं की लकीर निकली, महीन-सी और मिट गई।

" 'बाटा' में जाने के मेरे दिन गए, अब तो भाटों में जाने वाला हूं। आप लोग ठीक समझो या बेठीक, कफन का एक टुकड़ा ओढ़ा देना। वैसे मरने के बाद फिकर कैसी ? जीव जिनावर भी खाएंगे तो बेचारों का पेट

भरेगा और दुआ देंगे।" रक्खे ने जूतियों को वापस उनकी जगह पर जमा दिया। फिर हत्थे से सांचे के काठ को अन्दर ठोंकने लगा। नोंक की पड़दी खिसक गई। उसमें दो कीलें फंसाकर चमड़े को सुतली से बांध दिया और संतुष्ट होकर सांचे को एक तरफ रख दिया।

"ये अंगबंगी बातें मेरे सामने मत बोला करो, डर लगता है।" बन्ना ने आतंकित होकर चेहरा घुमा लिया और दरवाज़े पर जमी हुई बालू की लहरों को देखने लगी, "यह नेगिया गांव कितना मनहूस है। हर वक्त आंधी और सन्नापा !"

"आपको आंधी सुहाती नहीं न ?" डाक्टर बोला। निंदासे ढंग से। आवाज़ तितर-बितर थी।

"इसमें सुहाने की कौन-सी बात है ?" बन्ना कांसी की थाली की तरह झन्नाई। ज़रा कौतूहल से और उखड़ेपन से।

"दिन-रात आंधी में रहते-रहते आदमी दुस्साहसी हो जाता है। उसमें विरोध करने की और अपने को हर सूरत में जमाए रखने की ताकत आ जाती है। वह कभी-कभी डरता ज़रूर है, पर उस डर को चिपकाकर नहीं रखता, बेमुरव्वत होकर छिटक देता है क्योंकि उसका काम तो विश्वास से चलता है। भय या पछतावे से नहीं। विश्वास, जो सोचते-सोचते गुम हो जाता है और अनजाने किसी बिल से निकलकर फुंकारने लगता है, कुंडली मारकर बैठ जाता है।"

बन्ना का मन ढीला पड़ गया। कमरा बहुत सर्द और घुटा-घुटा लगने लगा। उसकी पुतलियां किसी अदेखी पगडंडी पर भागने लगीं। वह व्यग्र हो उठी। डाक्टर से कोई आशा रखना फिजूल था। वह जब बोलेगा, चितकबरे ढंग से। उलझा हुआ। उसे कुछ याद आया। कुरते में ही होनी चाहिए। हाथ डाला। वहीं थी, ताश की गड्डी। उसने आंखों में चमक बटोरते हुए डाक्टर से पूछा, "खेलेंगे ?"

फिर उसकी रजामन्दी को पकड़कर जस्सू से बोली, "तुम मेरा दुशाला ले आओ। यहीं खेलेंगे थोड़ी देर।"

जस्सू का चेहरा प्रकाशित हो उठा। वह चला गया। मकान में। डाक्टर गौर से बन्ना के दांतों की धवलता देख रहा था। वे होंठों के बीच जगमगा रहे थे, मिठास से। मिठास तो होंठों में है। डाक्टर ने गहरी सांस ली।

दोनों बेंचों को भिड़ाकर रक्खे ने बैठने के लिए जगह बना दी। डाक्टर और बन्ना आमने-सामने किनारों पर जम गए। बन्ना ने एक पांव पर दूसरा पांव चढ़ा लिया। कमर का निचला हिस्सा एकदम गदरा गया और दबाव में आकर गद्दे-सा गुंथ गया। नज़दीक होने पर डाक्टर ने उसके चेहरे पर तेलिया गंध महसूस की। अधपकी गिरी जैसी। सूंघने की इच्छा बलवती हो उठी। वह अपनी इच्छा के क्षीण होने का इन्तज़ार करने लगा। बन्ना की रोशनी में वह अचानक यौवन से भर उठी थी और गर्म हो आई थी। लेकिन—कुछ नहीं होगा और यह पागल अपनी उमस में डूब जाएगी, डाक्टर खाली होने लगा। दुर्बलता में।

जस्सू दुशाला लेकर आ गया। ऊनी भराव वाला, बूटेदार। लच्छियों की कोर पर कांच के काले मोती बिंधे हुए थे और वक्र रेखाओं की डिजाइन के साथ फब रहे थे। बन्ना ने दुपट्टा उतारकर बीच में बिछा दिया ताकि उस पर ताश के पत्ते गिराए जा सकें। बेंच का खुरदुरापन ढंक गया। एक पल के लिए बन्ना ने अपने उघड़े वक्ष का उभार देखा। वह दूधिया था और अपने दर्प में 'टिका' था। सिर्फ सांस उसे छेड़ रही थी, छू रही थी, कम्पन दे रही थी। बन्ना अपनी देह से, उसकी महक से आश्वस्त है, डाक्टर ने स्वयं को समझाया। बन्ना ने दुशाला ओढ़कर कन्धों पर खींच लिया। उसने उसे तीखे उभार को नष्ट-सा कर दिया, जो दुपट्टा उतार लेने पर चौंककर जाग पड़ा था। वहां अब दुशाले की सलवटें थीं, अनन्त। निर्जीव !

बन्ना पत्ते बांटने लगी। वह 'रमी' खेलती थी। डाक्टर उसकी पसन्द का निर्वाह करता था और अकसर हारता था। उसका ध्यान ताश से उचट जाता था। अनायास विचार उन बिन्दुओं के जाल में उलझ जाते थे, जो

अनिश्चित थे। आभारहित। वह अपने को लौटाकर बेगम-बादशाह-इक्के की सिक्केंस से जोड़ने का प्रयत्न करता था, जबरन और चित्त लंगा-सा पत्ते फड़फड़ाने लगता था। बन्ना जीतने के चाव में जुटी रहती थी। उसे डाक्टर की अरुचि से कोई मतलब नहीं था।

"जोकर शामिल नहीं है!" बन्ना ने घोषणा की।

डाक्टर मुसकराया। उसे इस बनी-ठनी स्त्री की खुशी, जो सुगन्धमय और निर्द्वद्व होती थी, रोमांच देतीथी। वाकई खेलने के उत्साह में बन्ना दर्शनीय थी। उसके होंठों की गुलाबी किनार फरक रही थी।' मैं सुन्दरता के और-और निखरने का यही अवसर ढूंढ़ता हूं। इसे कायम रखो, गंवाओ मत।' उसने अपने से कहा।

"अच्छी बात है, संभल जाइए।" वह पत्ते लेकर जोश में बोला।

बन्ना ने चुनौती भरी आंखों से छिन भर देखा, फिर पत्तों की जोड़-तोड़ में खो गई। कुछ तय कर लेने के भाव से गर्दन में खम दिया। उसका पूरा चेहरा 'सोच' रहा था और एक चालाक तरलता में इतरा उठा था।

जस्सू बन्ना की तरफ और रक्खे कमर पर हाथ रखे डाक्टर के पीछे। उनकी समझ में खेल के दांव-पेंच कम ही आते थे, पर वे अपने-अपने 'सीरी' के जोश को देखकर प्रसन्न हो लेते थे।

"हारने वाले हमेशा गरज-गरजकर बोलते हैं।" बन्ना ने पत्ता फेंका और डाक्टर की चाल भांपने लगी।

"मैं रामौतार की तरह नहीं हूं।" डाक्टर ने कहा। यह सोचते हुए कि काश, मैं रामौतार की जगह होता और बन्ना...वह अनमना हो उठा।

बन्ना की प्रश्नवाचक दृष्टि ऊपर उठी। कुछ टटोलती-सी। डाक्टर ने तुरन्त बात संभाली, "वह तो आपके दांव में आ जाता है और मात खा जाता है।"

"लेकिन जब वह मन लगाकर खेलते हैं तो किसी के बस में नहीं आते—जीतते चले जाते हैं।" बन्ना बोली।

खेल चलता रहा। पत्ते फेंटने, पत्ते पटकने और पत्ते मिलाने की आवाज़ों का कुहासा कमरे में भर गया। अनौपचारिकता के रेशे फैलने लगे। धीरे-धीरे काफी कुछ निरावृत हो गया। डाक्टर की उलझन अलग हो रही थी। दो-एक दफा उसने जानबूझ कर अपना पैर बन्ना से टकरा दिया था, पर वह फर्क-हीन रही। डाक्टर उल्लसित था। उसके मन-माफिक 'मौके' आ रहे थे, जा रहे थे। वह उनकी पृष्ठभूमि में स्वयं को दिलासा दे सकता था। कभी-कभी उसे खयाल आता, बन्ना उससे बहुत छोटी है। कम से कम पंद्रह वर्ष। वह पककर खिरने लगा है। उसकी आंखों में नैराश्य पनपने लगता। अन्दर की रिक्तता में कंकड़ ही कंकड़ भर जाते थे। वह अपने को संभालने के लिए पत्तों का सहारा लेने लगता था और उनमें मंथर चलने का रास्ता ढूंढ़ लेता था। रास्ता या भ्रम !

बन्ना तन्मयता से खेल रही थी। उसके लिए हर बाजी जीवन-मरण का प्रश्न थी और वह अपनी 'सरगर्मी' प्रदर्शित भी कर रही थी।

रक्खे और जस्सू कभी के बाहर जा चुके थे। खेल ज्यों-ज्यों ऊंचाई पर आता गया, वे अपनी रुझान खोने लगे। सीढ़ियों पर उनकी गपशप चल रही थी। रक्खे किसी डकैती का आंखों-देखा हाल सुना रहा था।

रेत में शाम की ललाइयां उड़ने लगीं। टीलों की 'तलाई' में नेगिया गांव कोलाहल के एक गोल टुकड़े-सा तैरने लगा। उसकी मरियल-मैली धड़कनें तेज हो गईं।

"आप रामौतार के साथ निभाव कैसे कर लेती हैं ? उसका स्वभाव तो विचित्र है।" डाक्टर ने बन्ना के संग निकटता महसूस करते हुए कहा। वह तल तक पहुंचने का सरंजाम बिठा रहा था।

बन्ना उसके कथन का अन्दरूनी अर्थ नहीं छू सकी। मुक्त-सी बोली, "निभाने में क्या लगता है, उनकी परवाह मत करो और मस्त रहो। वह कब छींकेंगे, कब खांसेंगे, कब बिगड़ेंगे, मुझे सब पता रहता है। मैं ऐसा कुछ नहीं करती, जिससे उनको चिड़चिड़ाहट हो। यों कभी-कभी तो भूल हो जाती है..."

"मुझे शक है, वह आप पर हाथ भी उठा देता होगा और..."

"उससे मैं कौन-सी दुबली हो जाती हूँ?" बन्ना ने प्रतिवाद किया, "अपने आदमी का गुस्सा सहने पर तो औरतों का ख़ून बढ़ता है। आपको यह मालूम नहीं है, कुंआरे हैं न।"

वह हंसी में झरती हुई बोली, "लीजिए, यह आपके काम का पत्ता है।"

"काम के पत्ते तो आप देती ही नहीं हैं।"

डाक्टर रुआंसा हो गया, या होने का नाटक करने लगा।

"मैं तो दे रही हूं। आपसे लगाए न जाएं तो कोई क्या करे!"

कुछ पल बीते, खामोशी में।

बन्ना ने आखिरी पत्ता लेकर बाजी खोल दी।

पाइंट गिने गए। डाक्टर पैंतीस से हार गया। कुल मिलाकर बन्ना तीन सौ बारह से जीत रही थी। उसके चेहरे पर रसीलापन उमड़ आया। वह गिनती के असमंजस से बंधी-बंधी पैसे बटोरने लगी। बेंच पर दो ढेरियां लगी थीं—एक उसकी, दूसरी डाक्टर की। सिक्के खन-खन बोल रहे थे। बन्ना की मटर की फलियों-सी अंगुलियां उन पर फिसल रही थीं। डाक्टर दुविधा में 'गूंगा' था और अपनी सीमाएं देख रहा था।

दरवाज़े की फांक से जस्सू ने अन्दर झांका, फिर बन्ना की तरफ इस तरह निबलाई से बढ़ने लगा मानो दलदल में चल रहा हो।

"बाई-सा!"

"क्या है?" बन्ना ने सिर झुकाए-झुकाए पूछा।

"साहब आपको आवाज दे रहे थे, अभी।"

"मैंने तो सुना नहीं।" बन्ना तुरन्त पत्ते छोड़कर खड़ी हो गई।

"वह उधर गए हैं—जंगल में।"

"अकेले?"

"हां, रक्खे पीछे जा रहा था। उन्होंने डांट दिया। बोले, लौट जाओ नहीं तो खोपड़ी तोड़ दूंगा। उन्होंने झोली में पत्थर भर रखे थे।"

"पत्थर? क्यों?" बन्ना की आंखों में चिन्ता घिर आई।

"पहले तो उन्होंने बाड़े में खड्डा खोदकर छिबका की लाश को गाड़ा। फिर इधर-उधर चहलकदमी करते रहे। अचानक गुस्सा हो गए और दूसरे हिरनों को खदेड़कर वहां से भगाने लगे। हिरनों में भगदड़ मच गई, पर वे गए नहीं, यों ही बच-बचकर छलांगें मारते रहे। तब साहब पत्थर चुन-चुनकर उन्हें मारने लगे। वे बाड़े से निकलकर टीलों पर खड़े हो गए। साहब उन पर पत्थरों के निशाने लगाते-लगाते जंगल में चले गए।" जस्सू किंकर्तव्य विमूढ़-सा बन्नो को देखने लगा।

डाक्टर भी पशोपेश में था। क्या कहे, क्या न कहे?

बन्ना निश्चेष्ट, दीवार-सी खड़ी रही। सहसा समूचे माहौल से बहुत दूर, उखड़े-उखड़े स्वर में बोली, "तुम जाकर देखो तो सही, किधर गए हैं?"

जस्सू जाने लगा।

"पांवों के निशान देखते हुए जाना।" बन्ना ने हिदायत दी।

तभी किवाड़ धकेलकर रामौतार भीतर आया। नंगे पैर। नंगे सिर। सर्दी में ठिठुरता हुआ। कपड़ों पर मिट्टी के दाग थे। धप्प से बैठता हुआ बोला, "चाय का वक्त नहीं हुआ?"

"बनाकर लाती हूं।" कहती हुई बन्ना नाल में चली गई। थोड़ी देर बाद रसोई में उसकी खटपट सुनाई दी।

रामौतार बोला, "डाक्टर, मेरी बीवी की तरह नेपोलियन भी नाटे कद का था। वह एक महान् योद्धा, एक महान् सेनापति के रूप में प्रसिद्ध हुआ। जिधर गया, तहलका मचा दिया। क्या तुम सोचते हो, बन्ना किसी सेनापति से कम है?"

डाक्टर ने कोई उत्तर नहीं दिया।

"इतिहास में अनेक उदाहरण मिलते हैं...चमत्कार के। एक मामूली आदमी में भी जबर्दस्त शक्ति होती है। वह घटनाओं के चक्र में से गुज़रता है। अपने ढंग से उनकी व्याख्या करता है। समाज उससे अभिभूत हो जाता

है। उसके नेतृत्व को सब स्वीकार कर लेते हैं। नेहरू जी...”

“जस्सू !” बन्ना वहीं से चिल्लाई, “अंगीठी सुलगाकर उनके पास रख दो। कोयले खत्म हो गए हों तो यहां से ले जाओ।”

जस्सू चला गया। मकान से उसकी और बन्ना की बोलचाल भनभनाहट की तरह उभरकर आने लगी। डाक्टर ने होंठ चबाए। कमरे की दीवारों से निकलते हुए अंधेरे के शुष्क कणों को देखा। वे छोटे-बड़े धब्बों में, चींटियों की भांति इकट्ठे हो रहे थे। रेंग-रेंगकर। डाक्टर कसैलेपन में बुदबुदाया, “क्या आफत है !”

“नेहरू जी जानते हैं कि राज कैसे किया जाना चाहिए।” रामौतार टखने पर लगा खुरंट खुरचते हुए कह रहा था, “शासक के लिए तीन चीज़ें ज़रूरी हैं...”

आगे डाक्टर ने कुछ नहीं सुना। वह हड़बड़ाकर उठा और अव्यवस्थित-सा बाहर आ गया। गली में डांफर बज रही थी। शीत-घुली। सन-सन।

डाक्टर के दांत किटकिट बोल रहे थे। घोंसले से निकालकर फेंक दिए गए बाल पंखेरू की तरह वह व्याकुल था। वह इस तरह धचकता हुआ चल रहा था मानो किसी चीज़ को पैरों से कुचल रहा हो। बाल अजीब तरह से बिखरे हुए थे। आंखों में ज्वाला भड़क रही थी। बटन खुले होने के कारण कोट पंखे की भांति डोल रहा था।

“तोड़ दूंगा, मैं तमाम मूर्तियां तोड़ दूंगा। चकनाचूर !” उसने ताल ठोंककर कहा।

अपने घर की पोल में खड़ी एक औरत उसकी यह मुद्रा देखकर हंस पड़ी।

डाक्टर ने क्रोधित होकर उसकी तरफ देखा।

वह उसी तरह बत्तीसी निकाले अन्दर हो गई और किवाड़ भेड़ लिए।

“दरवाज़े बन्द हैं, खिड़कियां उदास।” डाक्टर ने कुछ सोचते हुए

कहा। उसने तय किया कि इसी शीर्षक को लेकर वह एक स्केच लिखेगा और उसमें विस्तार से दुनिया के बदलते हुए रुख का विश्लेषण करेगा। लोग किस स्तर तक गिर चुके हैं और कीड़ों की तरह कुलबुला रहे हैं। उनकी मक्कारी, बेइन्साफी, स्वार्थों की छिछली लड़ाई...हर बात की बखिया उधेड़कर रखेगा ताकि पाठक चिन्तन, मनन, मन्थन करने के लिए मजबूर हों।

वह इस समय अपने को रिपोर्टर समझ रहा था और अखबार के दफ्तर जाने के इरादे से ही एक-एक कदम 'महत्त्वपूर्ण' ढंग से रख रहा था।

सहसा उसकी बौखलाहट बढ़ गई। सामने चिकित्सालय का जर्जर फाटक था। वह हवा के थपेड़ों से बदहाल हो रहा था और अविराम भड़भड़ा रहा था। उसका एक पाट तो कभी का लुप्त हो चुका था। दूसरा, जो पिछले कई सालों से 'अकेलेपन' का शिकार था, जोर-शोर से एकालाप कर रहा था।

डाक्टर उसे पकड़कर खड़ा हो गया, मानो किसी दीनदुखियारे को सहारा दे रहा हो।

वह फिर भी घबराया नहीं और अपना लम्बा संवाद बोलता रहा।

खीझकर डाक्टर ने उसे भगवान भरोसे छोड़ दिया और अन्दर आकर स्थिति की जांच करने लगा। मरीजों का रवैया, चाल-चलन सन्तोषजनक था सिर्फ सात नंबर वाली भैंस, जो 'नस उठ जाने' से त्रस्त थी, आंह-ऊंह करती हुई कांख रही थी।

कुछ क्षण डाक्टर के पांव अडिग रहे। एकाएक उसके खून में चिनगारियां उछलने लगीं और कोई पुकार-पुकारकर कहने लगा, "डूबो, डूबो !"

डाक्टर सात नंबर कोठरी में घुस गया।

भैंस ने अन्धेरे में आंखें फाड़-फाड़कर उसे देखा और नथुनों को फुला कर फूं-फूं करने लगी।

डाक्टर ने उसे सहलाया। थुही पर थपकी दी। वह धीमे से अरड़ाकर बैठ गई और जमीन पर गर्दन तानकर सुस्ताने लगी।

एक गिलगिला आवरण चारों ओर से उतर आया और वह हांफता हुआ उसमें पूरी तरह गुम होने लगा। व्यर्थ। सब कुछ व्यर्थ। सच सिर्फ यह एक क्षण है। उसने रगों के तनाव को, ताप को अन्दर डबोते हुए सोचा। भैंस शांत थी। उसकी उत्तेजना गिर रही थी, शायद। डाक्टर ने प्यार से उसका पुट्ठा चूम लिया। मुंह में रूखे, सख्त बाल आ गए।

थोड़ी देर बाद हलचल चुक गई। डाक्टर का ज्वार ठंडा पड़ गया। वह कृतज्ञ भाव से भैंस की पीठ थपथपाकर उठा, और अपनी कोठरी की तरफ चल पड़ा।

कोठरी के सामने एक आदमी खड़ा था। डाक्टर सहम गया। चुपचाप कोठरी के ताले में चाबी घुमाने लगा।

"छिः, गन्दे !" उसने कहा और बैसाखी को ठकठकाता हुआ अंधेरे में गायब हो गया।

वह भीमा था। डाक्टर एकदम पसीने से भीग गया।

□□□

सूरज उगने में अभी देर थी। नेगिया का आकाश नेगिया जैसा ही था, गन्दला। तारे सूखे पान-फूलों की तरह झड़ रहे थे। रक्खे उलझ गया, पता नहीं सब कहां जाकर गिरते हैं! एक-आध ही हाथ लग जाए तो डाकखाने के आले में रखकर सन्तोष हो। लेकिन इसका अन्त थोड़े ही है। रोज़ झड़ते हैं, रोज़ नये लग जाते हैं।

जस्सू ने पुकारा, "दारू है क्या ?"

वह बाड़ से मद्दू को खोलकर ले आया था।

"घूंट-दो घूंट होगी बोतल में।" रक्खे बोला।

"ले आओ। मद्दू जुगाली छोड़ रहा है।"

जस्सू ने मद्दू को बिठलाया और उसकी गलफाड़ खोल कर अन्दर देखने लगा। नहीं, दाने नहीं हैं। जाड़े में ऊंट के दाने निकल आएं तो गया ही समझो। उसने मद्दू के होंठों के झाग पोंछे और पुचकारी देने लगा। लाड़ से।

मद्दू ने आंखें मिचकाईं और उसकी बांह पर नाड़ रख दी।

रक्खे बोतल लेकर आ गया।

जस्सू ने मद्दू की नकेल सख्त की। जबड़ा खोला और उसमें कुहनी अड़ा दी। फिर दूसरे हाथ से बोतल उंडेल दी। मद्दू चिमका। ज़ोर से घिघियाने लगा।

रक्खे ने डांट पिलाई, "चोप्प ! बदमासी नेहीं।"

मद्दू कहना मान गया। दारू का स्वाद उसके गले में उतर गया था और एक-एक नस-नाड़ी को खोलकर गरमा रहा था।

"मद्दू यार!" जस्सू बोला, "तुझे दारू मिलती तो है कभी-कभी,

हमारे भाग में यह भी नहीं।"

उसने बोतल रक्खे को लौटा दी। एक क्षण मद्दू को निगाहों से तौलता रहा, फिर तेज़ी से उसकी खाल मसलने लगा। हथेली की रगड़ से बाल रपटने लगे। पेट की हर पसली को टटोल लिया। मद्दू कभी नास फुला लेता, कभी मन में मुदकता हुआ-सा जस्सू की तरफ आंख मारने लगता था।

जस्सू इस तरह से जुटा हुआ था मानो उसकी चाम को तराश रहा हो। बन्दर की तरह उछल रहा था। कलाबाज़ियां खा रहा था।

मोद में खिलकर मद्दू ने मींगने निकाल दिए और पिछले पैर चौड़े कर भद्दी आवाज़ बजा दी।

जस्सू गुर्राया "हत् पदुए कहीं के !"

रक्खे ने पिलान नीचे उतार दिया और जस्सू-मद्दू की नोंक-झोंक पर मुसकराने लगा। बोला, "तुमने टहल करके इसे खुशामदी बना दिया है। मुझे तो अबदी घिल-घिल करके देखने लगता है। जानवर का इतना गुस्साना अच्छा नहीं होता।"

"मैं इसके नहले पर दहले मारता हूं। यों फालतू के तिंदर यह नहीं करता। हां, गुस्सा इसमें ज़्यादा है।"

जस्सू सीधा खड़ा होकर मद्दू को घूरने लगा। सांस फूल रही थी। माथा घूमने लगा था। मद्दू की रगड़-पट्टी करते-करते वह खुद भी गरमा गया था।

तंग की पट्टी डालकर उसने मद्दू को चेताया और पिलान उस पर जमा दिया। सामान रखकर अगल-बगल रस्सी कसना शुरू कर दी। गांठें लगा दीं। डाक के थैले ठस्स हो गए थे। पागड़े आगे कर दिए ताकि आराम से पांव डालकर बैठा जा सके। पक्ख मज़बूती से लगाकर जस्सू ने नकेल संभाली और रक्खे की तरफ कामचलाऊ मुसकान फेंककर पिलान पर चढ़ गया।

उसके चढ़ते ही ऊंट ने घुटने उठाए और पीठ तानते-साधते भाग छूटा। धड़ों की दड़बड़ आवाज़ ने गली को गुंजा दिया। बाड़ों के अन्य पशु

बिदके से उसकी तरफ देखने लगे।

पूरब के टीले टूटने लगे। कुछ देर धुआंसे में चिथड़े फैलते-सिमटते रहे। फिर सूरज ने हथगोले-सा मुंह निकाला और धूप बिगसने लगी।

ऊंट अपने रास्ते खोजता इकसार चल रहा था। जस्सू पर ऊंघ सवार होने लगी। वह गादी पर गुड़मुड़ी हो गया। पलकें कुछ क्षण फड़ककर चिपक गईं और सिर लुढ़ककर डाक के थैलों से जा लगा। चौतरफ लिपटे हुए कम्बल में ऐसी आंच उपजी कि निसफिकर होकर नाक बजने लगी।

कितने ढूह-डेरे निकल गए, जस्सू को कुछ पता न चला। अचानक नींद में झटका-सा लगा। मद्दू रुक गया था। जस्सू ने कम्बल से चेहरा निकालकर देखा।

सन्दो नीचे खड़ा था और उसने मदद की नकेल खींचकर अंगुली पर लपेट रखी थी।

जस्सू उछाल से कूद पड़ा। सन्दो से लिपटकर बोला, "अच्छे हो?"

सन्दो ने मुट्ठी-भर पत्ती जस्सू के मुंह में ठूंस दी और हंसने लगा। वह जानता था, जस्सू को घड़ीछाप जर्दे का चूरा खूब पसन्द है।

सन्दो के साथ एक आदमी और था। गड्ढेदार आंखें, चपटा चेहरा और चेचक के दाग। जस्सू शिथिल पड़ गया।

"अपना ही संगाती है। चिन्ता मत करो।" सन्दो बोला।

"तुम यहां कैसे, इस उजाड़ में ?" जस्सू ने सवाल किया।

सन्दो ने उसके कन्धे पर बांह रख दी, "सब समझ जाओगे।"

जस्सू साथ के आदमी को देखने लगा। जान-पहचान का नहीं था।

"आओ मेरे संग।" सन्दो उसे पकड़कर दूर ले गया। एक टीले की ढलान में खड़े होकर वे बातें करने लगे। जस्सू को लगा, सन्दो के साथ कुछ गड़बड़ी है। वह पीला-पीला लग रहा था। भौंहों में दर्द की गांठें थीं मानो बीमारी से उठा हो।

"मुझे तुम्हारा ऊंट चाहिए।" सन्दो ने खंखारकर कहा।

"कब?"

"इसीवक्त।"

जस्सू ने देखा, मद्दू रास्ते में खड़ा जुगाली मचा रहा था।

"यह न पूछना कि क्यों चाहिए?"

जस्सू चुप रहा।

"कल वापस कर दूंगा।" सन्दो बोला, "तुम तब तक यहीं रहो।"

"यहां, इस सुनसान में क्या करूंगा? ऐसा करो, तुम मुझे अगली ढ़ाणी में छोड़ दो और मद्दू को ले जाओ।"

"ढ़ाणी-वाणी का झंझट छोड़ो। वे तीन टीले हैं ना, जिन पर अरनों के गाछ दिख रहे हैं—उनके पीछे एक झोंपड़ी है। अपना सामान तुम उसमें ले जाकर रख दो और मौज करो।"

"वहां झोंपड़ी है कोई?" जस्सू को आश्चर्य हुआ, "मज़ाक मत करो।"

सन्दो ने उसकी पीठ पर धौल मारा, "मेरी छुपाऊ है, निजी। किसी को उसके बारे में मालूम नहीं है। जब कोई विपदा आती है तो आके रहने लगता हूं।" उसने गले में पड़ा हुआ साफा सिर पर बांध लिया। मुंह, नाक, कान सब ढंक लिए। आंखों को खुला रखा। उतावली में बोला, "अच्छा, चलता हूं।"

जस्सू उसके पीछे-पीछे हो लिया।

मद्दू पर से डाक के थैले उतार लिए गए। वे एक रस्सी में कसे हुए थे। सन्दो और वह आदमी पिलान पर बैठ गए। मद्दू कुछ कुनमुनाया। सन्दो ने टिचकारी दी। वह अंटता रहा। साथ वाले आदमी ने चार-पांच ठोकरें जड़ दीं। मद्दू झुंझलाया हुआ-सा भागने लगा।

जब वे ओझल हो गए तो जस्सू ने थैलों को उठाकर पीठ पर लादना चाहा। भारी थे। रस्सी पकड़कर उन्हें घसीटने लगा, जैसे मरे हुए ढोर को घसीटते हैं। बालू में एक मोटी लीक खिंचती चली गई।

टीलों की ओट में फर्लांग भर की सपाट भूमि थी और उसमें अरनों-कैरों के कंटीले झाड़ गुंजपुंज खड़े थे। नामालूम ढंग से एक झोंपड़ी, मचान की तरह, उनके घेराव में बना दी गई थी। आसपास भींटके लगा दिए गए थे, जिससे वह अनाज की 'पूंजली' की भाति नज़र आए और किसी को सन्देह न हो।

जस्सू को झोंपड़ी का दरवाज़ा टोहने में कुछ वक्त लगा। वह गोल घुमेर थी। उसे आक के पत्तों और कांटियों में छिपा दिया गया था। आखिर एक चौकोर ढांचा दिखलाई दिया। जस्सू ने धक्का दिया। वह चरमराकर खुल गया।

दरवाज़े की ओर पीठ कर जस्सू ने दोनों हाथों से थैलों का बंडल अन्दर खींच लिया।

"आ जाओ तुम भी।"

जस्सू एक जनानी आवाज़ सुनकर चौंक पड़ा।

वह तेज़ी से मुड़ा। बंडल पटककर।

"हय्य !" उसके मुंह से निकला।

सींक की दरी पर बैठी हुई सुरजा कंघी कर रही थी। खुले बाल खप्पड़नुमा उरोजों पर फैले थे। उनके बीच में अटका हुआ चेहरा, जिस पर चौकन्नापन था और एक कट्टरसा शक।

जस्सू ने बराऊ में एक बार सुरजा को देखा था। सन्दो उसे पकड़कर अपने चौबारे में ले गया था। वहां सुरजा गुमसुम बनी खटोले पर लेटी हुई थी। जस्सू उसकी गोरी-करारी देह को सीधे-सीधे नहीं देख पाया था। उसमें एकदम संकोच घिर आया था। सन्दो ने पूछा था, "कैसी लगी? जाटणी पसन्द आई?"

उत्तर में जस्सू ने सिर झुका लिया था। अपने द्वन्द्व को छिपाने के लिए। सन्दो ने हंसकर उसकी बांह निकोट ली।

वही सुरजा कंघी में खुंसे हुए टूटे बाल निकाल रही थी। देह की निडरता को रोपे हुए। एक गाल सूज गया था और उस पर काटने का

निशान था। आंखों की पुतलियां शीशे के टुकड़ों की भांति चमक रही थीं। गले की गोराई पर गुदनों की क्यारियां खिंची हुईं थीं।

जस्सू झेंप से भर गया था। बह अपने को ठीक करने के लिए एक कदम आगे बढ़ा। लड़खड़ाता हुआ-सा।

सुरजा तुरन्त दरी पर लेट गई। उसने लहंगा ऊपर उठा लिया और मुंह फेरकर बोली, "चढ़ जाओ!"

नंगी, उजाले में सनी हुई टांगें। अविचल। ऊपर दिये की लौ।

जस्सू ने घबराकर आंखें मीच लीं। उसकी नस-नस में कंपकंपी दौड़ रही थी। एक काली, खूंखार स्तब्धता ?

"जल्दी करो, नासपीटे ! मेरी टांगें दुख रही हैं। कित्ती देर ऐसे पड़ी रहूं?" सुरजा के स्वर में खीज थी। अजीब-सी फटकार।

जस्सू झोंपड़ी से बाहर हो गया। उसका दिमाग काम नहीं कर रहा था। लगातार एक ठकठकी कोंच रही थी—यह क्या है? सुरजा को क्या हो गया है? कोई औरत इतनी बेशरम कैसे हो सकती है? चेहरे से हया का पानी बिलकुल उतर गया ? नंगी मरजाद !

अरने की डाल पर एक सोनचिड़ी चिर्रा रही थी। गुम्फ झाड़ियां। भुरभुरी रेत, धूप, बेकली। जस्सू को एक मटमली झिल्ली लपेटने लगी। अपनी सरल थरथरी में। वह कुछ उच्चारता हुआ खड़ा रहा। अफसोसपूर्ण।

जर्दे का घोल अभी मुंह में था और जीभ पर सरसरा रहा था। जस्सू पिच्-पिच् थूककर उस किसकिसाहट भरे स्वाद से बरी होने लगा। रंगहीनता, ठंडी सुगबुग और छीजन में भी उसकी बगलें पसीजने लगीं। कहीं आवां-सा धधक रहा था। कोई चाबुक चला रहा था। किसी ने निष्ठुरता से वक्त को लंगड़ा कर दिया था। जस्सू का कंठ सूखने लगा। तालू वाला हिस्सा तपिश की वजह से चटख रहा था।

"डाकिये ?" अन्दर से आवाज आई।

बह लौटा। दरवाज़े में टंग गया। विभ्रान्त।

सुरजा ने लहंगा ठीक कर लिया था और घुटनों पर ठोड़ी टेककर

बैठी हुई थी। उसके व्यक्तित्व में 'गरिमा' आ गई थी। अब वह सहज, साफ-सुथरी और बाअसर लग रही थी। पहले की तरह हाड़-मांस की लोथ' नहीं थी।

जस्सू ने लपककर कोने में पड़ा पीपा उठा लिया और गटागट पानी पीने लगा। लोहे के जंग में धुली शीतलता गहराने लगी। प्यास शांत हुई।

"क्या नाम है तुम्हारा ?" सुरजा के होंठ हिले।

"जस्सू। डाकिया।"

"यहां क्यों आए हो ?"

"सन्दो ने भेज दिया।" जस्सू ने सफाई दी। अपराधी की तरह आंखें झुका लीं। वह वहां से हट जाना चाहता था। दिल धुक्-धुक् कर रहा था।

"मैं तुम्हें जानती हूं। गाबासी में चिट्ठी लेकर आते थे न?"

जस्सू चुप रहा, बंद। उसे सूरजा की तरफ देखने की हिम्मत नहीं हो रही थी।

"सन्दो कहां गया है ?" सुरजा ने दरी को पांव के अंगूठे से खुरचते हुए पूछा।

"वह..." जस्सू सकपका गया, "यहीं कहीं होगा।"

"किसी और को लेके आ रहा होगा।" सुरजा के नाक की नथ चमकी। वह झोंपड़ी की छाजन देखने लगी। अर्द्धचेतन, उद्विग्न-सी।

छाजन का फूस पीला पड़ गया था। कभी हरा रहा होगा। उसमें एक दरांती खुंसी हुई थी और उसकी बेंट झलक रही थी। पीतल मंढ़ी हुई।

"सन्दो रोज़ अपने दोस्त ले आता है, मुझ पर चढ़ाई कराने के लिए। वह सोचता है, इससे मेरा नुकसान होगा। मैं हलाल हो जाऊंगी।"

जस्सू वितृष्णा से भर उठा, "सन्दो ऐसा करता है ?"

"हां। वह मेरी आंखों में आंसू देखना चाहता है। मैं जाट की जाई हूं, समझे ! रोएगी मेरी जूती। मुझमें सामरथ है, दस मरद एक छंट झेल सकती हूं। सिसकारी तक नहीं निकालूंगी।"

सुरजा ने अपना कटा हुआ गाल सहलाया। उस पर खून की पपड़ी जम गई थी। दाग प्याज की गांठ-सा दिख रहा था।

जस्सू का मन छटपटाने लगा—दया से, क्रोध से, अपमान से।

"तुम भी नसें ढीली करने आए थे? करना चाहो तो कर लो। मुझे कोई ज़ोर नहीं आएगा। एक जाटणी हज़ार को पोसने का माद्दा रखती है।"

जस्सू के रोंगटे जलने लगे। औरत के इस रूप को उसने नहीं जाना था। कुछ सुकुमार आशाएं उसके भीतर थीं, वे यकायक छिन्न-भिन्न हो गईं। वह इतना तिरस्कार नहीं सहन कर पाया। वह तड़पकर सुरजा के पास पहुंचा, उसके ठीक सामने अपना उबलता हुआ चेहरा ले गया और बोला, "सुनो सुरजा, मुझ पर कीचड़ उछालने की कोशिश मत करो। मुझे तुमसे हमदर्दी है, लेकिन...मैं कोई ऐसा-वैसा नहीं हूं, यह समझ लो।"

आगे वह नहीं बोल पाया। गले में पत्थर अटक गया। सांसों में सांसें चुभने लगीं। वह धम्म से बैठ गया। होंठों पर आंसुओं का खारापन बहने लगा। वह खौल रहा था, उफन रहा था, अपनी लाचारगी को धो रहा था।

सुरजा फक पड़ गई। निष्प्रभ। जैसे मेमने की भांति उसे छीलकर रख दिया गया हो। हाथों की फूली हुई नसें देखने लगी। हत्बुद्धि! वहां भी गुदनों की पत्तियां थीं। गुच्छल और नोंकदार। अचानक कूल्हों के बीच टीस उठने लगी। चाम चिर गई थी, लहूलुहान हो गई थी, पर अब तक सुरजा उस हिस्से के प्रति अवहेलना अपनाए हुए थी। वह उसका अंग नहीं था, मानो।

जस्सू आस्तीन से आंखें पोंछकर उठने लगा तो सुरजा ने उसका हाथ पकड़ लिया। एक उष्णता दो हथेलियों में कैद हो गई। उस स्पर्श ने सुरजा को जता दिया कि जस्सू 'और ही' तरह का मर्द है। सन्दो का मुलाकाती होकर भी मैल से दूर। ओछी शूरता से अलग। लुगाई जात को मान देने वाला।

"मुझे भूख लगी है।" सुरजा ने उसे अपने निकट लाते हुए कहा।

जस्सूसोच में पड़ गया, गला साफ कर बोला, "यहां तो कुछ नहीं होगा।"

"है। खाओगे?" मनोबल के साथ सुरजा ने पूछा।

"मेरा मन नहीं है।" जस्सू उबर नहीं पाया था।

सुरजा अधीरता से बोली, "बुरा मान गए न!"

वह सिर लटकाए रेत की गुंजानें सुनता रहा, जो झोंपड़ी के खंभों को फंफेड़ रही थीं।

"मेरे साथ थोड़ा-बहुत खा लो। दो दिन से मैंने दाना नहीं छुआ।" सुरजा ने खुले बालों को एक तागे से बांधा और पीठ पर फेंक दिया, "इच्छा ही नहीं हुई।"

जस्सू ने औचकते हुए सुरजा की बड़री आंखों में एक-टक देखा, छिन भर। कुछ नहीं था वहां, बस ओस थी। चांदी के बर्क पर बिखरकर चमकती हुई। दिप्-दिप्।

वह तुरन्त पालथी मारकर बैठ गया। सुरजा ने हाथ लम्बा कर एक गोल-मोल कपड़े को अपनी तरफ खिसकाया। उसकी पुड़तों को हटाकर देखा। चार रोटियां थीं। सन्दो की छोड़ी हुईं। सांगरी की भाजी और ऊपर लहसुन की कतरनें। बारीक-बारीक। सुरजा ने सन्तुष्ट होकर एक गस्सा बनाया। जस्सू ने भी हथेली पर एक रोटी रख ली और तोड़-तोड़कर खाने लगा। सांगरी में नमक ज़्यादा था। मुंह कड़ुवा गया। वह कोरे गस्से चबाने लगा। उनका रूखापन कभी-कभी गले में चिपक जाता था।

सुरजा सूनी-सूनी-सी कौर उठा रही थी। वह कुछ सोच रही थी। भंवें बरबस तन गई थीं और माथे पर दो रेखाएं बना रही थीं। वहीं कहीं पूरे चेहरे को एक भिन्न अर्थ देती हुई वीरान खुमारी थी। अपनी उपस्थिति में कमज़ोर, पर वास्तविक और आंदोलित कर देने वाली—जैसे किसी घायल की अस्फुट पुकार होती है। उस क्षण सुरजा को देखकर लगता था, वह रोटी नहीं, कचरा खा रही है जो उसके मुंह में जाकर राख हो जाता है। सड़ने लगता है। आंखों के पपोटों में जर्दी थी। उनका रक्त सूख गया था।

झाइयां उभर आई थीं। उंगलियां ऐसे हरकत कर रही थीं मानो बार-बार उनमें कोई गिलगिली चीज़ फंस जाती हो। वे उस चीज़ को झटकती थीं, फिर उठाकर मुंह में रख लेती थीं।

करीब-करीब चौंककर सुरजा ने ऐन सामने बैठे हुए आदमी को देखा। पहले परायेपन से। फिर आंखों का भाव पिघलने लगा और एक अपनापा बीच में बह आया। कल-कल झरने की भांति। धार-धार उसकी स्वच्छता अन्दर उतरने लगी। गहरी पैठने लगी। अच्छा तो यह जस्सू है, डाकिया! कित्ता सुघढ़ और शरमाऊ है! रोटी के टुकड़े को इतनी चेष्टा से होंठों तक ले जा रहा है, मानो वह कोई वज़नी पत्थर हो, उठाना भारी पड़ रहा हो। सुरजा मुसकराई, तरंगित-सी। इसी डाकिए को देखकर उसकी ढ़ाणी गाबासी की औरतें घूँघट काढ़ लेती थीं, गज़ भर और गली में खेलते हुए बच्चे पिदक-पिदककर चिढ़ाने लगते थे—

डाकिया रे डाकिया!
खुल गया तेरा जांघिया।
जांघिये में जूं,
गाड़ी आयी सूंऽऽ
उसमें से उतरी एक लुगाई,
लुगाई ने किए तमाशे,
डाकिया खर-खर खांसे।

सुरजा भोलेपन से सोचने लगी, क्या सचमुच डाकिए में ऐसा 'कुछ' अजीब है जिसे ताली पीट-पीटकर चिढ़ाया जा सके? शायद नहीं। बांस की तरह सीधा तो है बेचारा! कोई छिपाव, कोई दुराव, कोई पाप नहीं। बोली का भी सच्चा लगता है। लेकिन...क्या इसके जांघिए में जूएं होंगी? चोरी-चोरी निगाहों से उसने जस्सू की वर्दी देखी। अपनी बेवकूफी पर तुनक पड़ी। जूएं तो मेरे बालों में भी हो सकती हैं, डाकिए पर तो यह आरोप झूठा ही है—कतई फिजूल। फिर वह जो लगाई गाड़ी से उतरी और जिसने तमाशे किए, कौन थी? डाकिया उसके तमाशों पर हंसा क्यों नहीं, खांसने

क्यों लगा? संकोची है न, इसलिए। उसका बस चलता तो ज़रूर किसी दड़बे में जाकर छिप जाता और जब तक लुगाई चली नहीं जाती, उसमें से बाहर निकलता ही नहीं।

अन्दर ही अन्दर चलते हुए इस मनोरंजक ताने-बाने ने सुरजा को हवा की तरह हल्का कर दिया। उसके जी में आया कि डाकिये से कुछ पूछे, कुछ सवाल करे। अरसे बाद उसमें एक मचलन लहरें मार रही थी जो खुद तंग होना चाहती थी, दूसरों को तंग करने की तीव्र लालसा रखती थी। जब से सन्दो उसे ज़बरन अपने ऊंट पर लादकर ले आया था, वह बुत बनी हुई थी। सन्दो को बोलचाल से मतलब भी नहीं था। वह तो उसे रौंदने, कुचलने, पीसने की क्रूर आकांक्षा से लबालब था। सुरजा जैसी बेबाक काठी वाली जाटणी को अपने चौबारे में डालकर उसने बराऊ के राजपूतों की खोखली इज़्ज़त को दुगुना-चौगुना कर दिया था। उनका अहं तुष्ट हो गया था और वे गाबासी के जाटों की खिल्ली उड़ाने में अपने जीवन की सांगोपांग 'भासा' का भरपूर इस्तेमाल करने में जुट गए थे। सन्दो को उन्होंने बेजोड़, छुट्टा गाभरू मान लिया था।

सुरजा को पीढ़ी-दर-पीढ़ी अमरबेल की भांति फलने-फूलने वाले इस झगड़े से कोई लपेट-लगाव नहीं था। वह देखती थी कि गाबासी का कोई तगड़ा जवान भी हाथ पड़ने पर बराऊ की किसी राजपूतणी को पकड़ लाता था और बदला लेने के लिए उसकी 'दुरदसा' करके छोड़ता था। तब तमाम जाट गरब में ऐंठते हुए डोलते थे। कल्पनाओं के ज़ोर पर वे बराऊकी सभी 'चम्पाकलियों' से अपने जिस्मानी रिश्ते जोड़ने लगते थे। दोनों ढ़ाणियों की वहादुरी औरतों के बूते पर जगमग थी। पुलिसवाले बिचौलिए बनकर छापा मारते थे, इस रूप में कि दुश्मनी उत्तरोत्तर बढ़े और खून-खराबा हो जिससे उनकी हैसियत बनी रहे। माल-मत्ते में हिस्सेदारी चलती रहे। कभी इधर से, कभी उधर से। उन्हें क्या परहेज़ हो सकता था!

"तुम कुछ बोलते क्यों नहीं?"

खाना-पीना हो चुका था। जस्सू ने झोंपड़ी में चींटों का एक बिल देख लिया। वह उसे घूर रहा था। छलनी जैसे सूराखों में मिट्टी डाल-डालकर। सुरजा का प्रश्न उसके पास आकर मंडराने लगा। तीखी टांगों वाले टिड्डु की भांति भर्र-भर्र।

एक न समझ में आने वाली हलचल को अलगाकर जस्सू ने कातर दृष्टि उठा दी, सुरजा की ओर। वह घास की दीवार से टिककर बीड़ी पी रही थी। बूंद-सी चिनगी उसके होंठों से खेल रही थी, उन्हें धुएं में 'तैराने' लगती थी।

सुरजा की पलकें अधमुंदी थीं। या जस्सू को ऐसा लगा। विभोरता की दबी-दबी लय उसके कोमल तन्तुओं में फुर-फुरी भरने लगी। वह आतंक...काला परदा, जो शुरू में सूरजा को देखते ही उसके तन-मन पर छा गया था बुरी तरह—अब हट रहा था। पौ फटने के बाद का आकाश नज़दीक आ रहा था। उसने महसूस किया, खून के बहाव में वैसी खुश्की नहीं थी। न माथे में वैसी घिरनाहट, जो झोंपड़ी में कदम रखते ही उपज आई थी।

वह खुलने लगा। रफ्ता-रफ्ता।

सुरजा के सवाल थे, उसके जवाब। वह बच्चे की तरह सुरजा की उंगली थामे पहाड़ी पर चढ़ रहा था। एक-एक चट्टान, एक-एक दरख्त, एक-एक कोण को चीरता हुआ। आकांक्षा थी तो यह कि देखूं चोटी कैसी होती है और वहां से दुनिया को ताकना किस किस्म का अनुभव देता है। वह अपने को भूल गया था। कोई आवेग था, जो उसे ऊंचाई की ओर धकेल रहा था...डाक बांटते-बांटते जब वह थक जाता है, तब भी इसी तरह स्वयं को धकियता हुआ चलता रहता है, पर उस समय एक निचोड़ देनेवाली विवशता साथ चलती है। उसकी सुइयां क्षण-प्रतिक्षण चुभती रहती हैं और जस्सू बचाव का भरसक प्रयत्न करता हुआ पांवों का बोझ खींचने लगता है।

"ब्या-साख किया कि नहीं ?" सूरजा ने पूछा और हंसने लगी।

"नहीं किया।" जस्सू डूबा-डूबा बोला।

"क्यों ?" सुरजा के होंठ गोल होकर खुले। दो दांतों की आभा थिर हो गई।

"ऐसे ही। जुगाड़ नहीं बैठा।"

"सांच छुपाओ मत।" कहते हुए सुरजा ने बीड़ी बुझा दी, धूल में खुबोकर। उसका बाहर दीखता हुआ हिस्सा कील की तरह लग रहा था।

"कसम से। झूठ नहीं कह रहा हूं। ब्याह करने की फुरसत ही नहीं मिली।"

"फुरसत क्यों चाहिए, ब्या के लिए ?"

"थोड़ी-बहुत तो चाहिए।"

"ओह, डाकिए के धन्धे में घर-बार रहने का टेम नहीं मिलता। भागम-भाग रहती है। तुम खेती-बाड़ी क्यों नहीं करते ?"

"अब करने की सोच रहा हूं।"

"किस मुलक के रहने वाले हो ? जबान का ढंग इधर का तो नहीं है।"

"भाई-बन्द जयपुर में हैं।"

"तभी।" सुरजा ने सिर हिलाया, "तुम शहर के बबुए लगते हो।"

"कई सालों से मैं यहीं हूं।"

"तो क्या हुआ ? मुलक की बान छूटती थोड़े ही है।"

"घरवालों से मेरी बनती नहीं है। वे..."

"ज़मीन-जायदाद का झगड़ा होगा। कुटम में यह तो चलता ही रहता है। चार भांडे साथ पड़े होंगे तो टकराएंगे ही। सिरफोड़ी करेंगे और रोना रोएंगे कि जगह कम है। गाबासी में लोग इन्हीं बातों पर एक-दुसरे को काट के धर देते हैं।"

"ऐसा झगड़ा नहीं है लेकिन...उनके साथ निभती नहीं है। अलग रहने में आज़ादी रहती है। सूरतगढ़ के पास ज़मीन लूंगा। वहां नहर है न, इसलिए पानी की कमी नहीं है। मेहनत करो तो पैदावार अच्छी हो जाती है। एक आदमी को बोल रखा है। वह किस्तों में पैसा लेने को राजी हो

जाएगा।" जस्सू उत्साह में कह रहा था। सुरजा उसे एकटक देख रही थी, निथरी-निथरी। वह समझाता हुआ बोला, "एक मुरब्बा ज़मीन भी उधर ज़्यादा मानी जाती है। चने, गेहूं, ईख, कपास—जो मर्ज़ी आए, बो डालो। फिर देखो, खेत कैसे उफन के आता है। अनाज रखने को कोठे नहीं मिलते। सरकंडों के ठांव बनाने पड़ते हैं।"

"तुम तो ठेठ किसान की तरह बोल रहे हो।" सुरजा ने जस्सू की प्रशंसा की। वह ध्यान से उन सुर्ख, विह्वल बातों को सुन रही थी और एक आह्लाद के फेनिल प्रवाह में समाती जा रही थी।

जस्सू पुलक उठा। उमंगित संजीदगी से बोला, "खेती-बाड़ी का काम मैंने कभी किया नहीं है, लेकिन जानकारी पूरी रखता हूं। हो सकता है, शुरूआत में अड़चनों से वास्ता पड़े, पर मैं पक्का जिद्दी हूं। जो सोच लेता हूं, करके छोड़ता हूं। नुकसान-नफे की ओर नहीं जाता। बस, एक बार धन्धे की जड़े हाथ में आ जाए और उसे सींचने की विधि मालूम हो जाए। फिर कोई चिन्ता नहीं। अपने पर भरोसा रख के चलता हूं।"

"करते-करते सब करतब आ जाते हैं।" सुरजा उसका हौसला बढ़ाने के अन्दाज़ में बोली।

और जस्सू ने माथा खुजाया, "मैं कुछ ढोर भी रखूंगा। वे पास में हों तो चहल-पहल रहती है और हर काम में मन लग जाता है। उनके नखरे सहने में भी आनन्द है। कभी झिड़क दो, कभी मना लो, कभी तमाम सोच-विचार उन पर डाल दो और वे जो फैसले दें, उन्हीं पर अमल करते चलो। सच्ची! हंसी की बात नहीं है। हां, उनकी देखभाल ढंग से होनी चाहिए। उसमें कमी न हो। तब वे दुःख-सुख के साथी बन जाते हैं और ज़िम्मेदारी महसूस करने लगते हैं। एक दफे डाक का थैला कहीं रास्ते में गिर गया। मैं परेशान। उन दिनों पेचिश की भी शिकायत थी और ज़्यादा दौड़-धूप नहीं कर सकता था। मैंने मद्दू की नकेल खोल दी और उसे वापस मोड़ते हुए कह दिया कि जा, थैला ढूंढ़ के ला। खुद वहीं खेजड़े की छांह में लेट गया। कमज़ोरी के कारण नींद आ गई। आंख खुली तो देखता हूं कि मद्दू

पेड़ के तने से अपना बदन रगड़ रहा है और उसने दांतों में थैला पकड़ रखा है। मतलब ये कि जानवर भी विश्वास की कीमत समझते हैं और उसे तोड़ते नहीं। बाज वक्त तो वे मालिक का कहा पूरा करने के लिए अपने को मुसीबत में भी डाल लेते हैं।"

"बिलकुल सही है।" सुरजा ने हामी भरी, "मुझे डंगर अच्छे नहीं लगते थे। एक दिन भौजाई ने कहा कि हाथ में गेडिया ले लो और उन्हें चरा के लाओ, जंगल में। बस, उनके पीछे हो गई और ऐसी हुई कि मोह पड़ गया।"

दरवाज़े में अटका हुआ फीकी धूप का धब्बा मिट गया था और उधर से रेत-सनी हवा के सर्दाए झोंके घुसने लगे थे, ऐसे मानो कोई उन्हें अन्दर धक्के दे रहा हो। जस्सू उठा और डाक के थैलों का बंडल दरवाज़े में अड़ा आया। झोंके रुक गए, पर बंडल धीमे-धीमे हिलने लगे। झोंपड़ी में इस आड से कुछ गरमाई आई। अंधेरे की सलाखें भी गिरने लगीं।

सुरजा, ढोरों का जो आत्मीय 'कबीला' छोड़ आई थी, अधनींदी-सी उसमें लौट गई और एक-एक का खूंटा पहचानने लगी। लीली, सुरंगी, बडोड़ी, कटसींगी, भींडकी—उसकी सब सहेली गाएं रंभाने लगीं। आस-पास। वह जस्सू को उनके सुभाव की खूबियां बताती रही। एक बछड़ा—डिब्बू, बहुत शैतान था और सुरजा को भगा-भगाकर तंग कर देता था। उसका बखान सुनकर जस्सू के होंठ मुसकराहट में डूब गए। आंखों में शरारत चमकने लगी। वह अन्दाजने लगा, जैसे बछड़े का तो नाम भर है, असल में सुरजा उसी की कारगुज़ारियों का कच्चा चिट्ठा सुना रही है। बालपन में जस्सू कितना नटखट और बागी था। किसी की कुछ नहीं धराता था। हरदम तोड़-फोड़ में चालू रहता था। बड़ों की नकल उतारने में तो उस्ताद था। कौन कैसे बोलता है, उठता है, चलता है, खांसता है—सब उतारकर रख देता था। बदले में पिटाई खाता था। एक दफा बाबा की तरह नकियाया तो लप्पड़ से गाल लाल हुआ। भाभी की खुर-खुर खांसी को गले

में बिठाकर मस्ती की तो चिमटे की सजा मिली। पड़ोस के जमनाप्रसाद हलवाई की तरह ढिचरक-ढिचरक चला गली में और लड़कों को हंसाया तो बेभाव गालियों की बौछार हुई। कितने ही मारखाऊ कारनामे ! लेकिन... सुरजा कैसे जानती है ?

जाने किस रौ में बहकर जस्सू अपने भगोड़ेपन तक आ गया और आत्मालाप-सा करता हुआ दुःख-दाह के गुज़रे क्षणों में प्रवेश करने लगा। उसने महसूस किया, सुरजा पीछे पीछे चल रही है। हर जगह साथ। हर कोने में उसे 'बांटती' हुई। वह उत्साहित हो उठा। एक की झेली हुई व्यथा जब दूसरे तक पहुंचती है तो उसमें एक अनोखी चमक पैदा होती है। आदमी उस चमक की आशा में जीवन का बोझ ढोता रहता है—बिना झींके, बिना उखड़े। जस्सू को अचानक लगा, वह चमक उगने के लिए मचल रही है—उसके भीतर, एक टूटे-फूटे गमले में।

"बेघर, बेज़मीन होने के बाद मैंने कई धन्धों में अपने को डाला। मज़बूरी थी। सुबह-शाम भूख की ऐंठन को बर्दाश्त करना मुश्किल हो जाता था। एक बनिए की दुकान पर बैठने लगा। काम था छड़ी में कपड़ा बांधकर गुड़ पर बैठी हुई मक्खियों को उड़ाना, तराजू में बांट रखना, बहियों को इधर-उधर करना और उनके बस्ते बांधना, ग्राहकों के घर तक सामान पहुंचाना और कुछ छुटपुट। मैं जी-जान से लगा रहता था, पर बनिये के दिए हुए मेहनताने से पेट नहीं भरता था। एक रोज़ गबागब गुड़ के दो डले खा गया। उसी वक्त छुट्टी हो गई। हरजाने की वसूली मार-पीट से की जा चुकी थी। एक-डेढ़ हफ्ते मैं फालतू रहा और फिरकनी की तरह शहर में चक्कर काटता गया। फिर फुटपाथ पर बैठे एक बूढ़े का सहयोगी हो गया। साइकिलों में हवा भरने लगा। दिनभर पम्प से रस्साकशी करता रहता। कभी वह मुझे अपनी तरफ खींचकर झटक देता, कभी मैं उसके पांव उखाड़ देता और इतनी तेज़ी बरतने लगता कि फेफड़े पम्प से ज़्यादा हवा फेंकने लगते थे। मेरी वजह से बूढ़े की आमदनी में बढ़ोत्तरी हो गई। वह पैसे इकट्ठे करने लगा और लोभ में पड़

गया। थकान से मेरा जोड़-जोड़ टूटने लगता, पर पम्प से छुटकारा नहीं था। मैं पसीने से नहा उठता और बेदम होकर कुछ देर के लिए पड़ जाता था वहीं, ताकि बिसराम मिल सके। ऐसे वक्त, एक बार बूढ़े से कहा-सुनी हो गई। उसने गालियां दी तो मैंने भी दो-चार दाग दीं। दूसरे ही दिन वह कहीं से एक लड़का ले आया और मुझे गर्दनिया कर निकाल दिया। मैं फिर बेकार हो गया।

"रोजी की तलाश में एक रोज़ काठ-कबाड़ी के यहाँ पहुंच गया और तुरन्त लकड़ियां चीरने की ड्यूटी मिल गई। पांच-छ: ढेरियां शाम तक तैयार करके देनी पड़ती थीं। उन्हें ठेलों में लदाने के बाद चैन हो जाता था। कबाड़ी का मुनीम बहुत सीधा था, बकरी समझो। मिमियाकर बोलता और तार कमानी का चश्मा लगाए जोड़-बाकी में व्यस्त रहता था। उसका छोकरा वहीं टाल पर पट्टी-बस्ता लेकर बैठा रहता था। बारहखड़ी और पहाड़े घोंटते-घोंटते उसकी जीभ लड़खड़ाने लगती थी। मुनीम में-में कर उसे डांट पिलाने लगता था, जिस पर उस छोकरे को भी हंसी आ जाती थी। दुपहर में, जब मुनीम हिसाब निपटाने में अड़ोस-पड़ोस भूल जाता था, छोकरा छिपकर मेरे पास आ जाता था। उसे लकड़ियों का बुरादा बटोरने का शौक था। धीरे-धीरे छोकरे से मेरी यारी हो गयी। अच्छा और खेल-खिलौनों जैसा लगने वाला बुरादा मैं उसके लिए छांट कर रख देता था। विद्या का पहला अक्षर मैंने उसीसे सीखा। आगे के अक्षर इतने टेढ़े-मेढ़े और अजीब थे कि मेरी दिलचस्पी उनमें बढ़ती चली गई। छोकरा मुझे सिखलाने में बड़प्पन और गर्व महसूस करता था। उसने मुझे अपने पट्टी-बस्ते का इस्तेमाल करने दिया। एक रोज़ मैं छापे का कागज़ उठाकर अक्षर मिलाने और फिर ठीक-ठीक बोलने की कोशिश कर रहा था कि मुनीम ने देख लिया। वह मेरी सेवा-टहल से संतुष्ट था, इसलिए राजी ही हुआ। अब वह बाकायदा मेरा गुरु बन गया। रात को मैं उसके पांव दबाने लगता और वह मुझे ज्ञान-गिनती रटाता जाता था। कुछ सीख-पढ़ गया तो उसने मुझे वहां से भगा दिया

और बोला, "जाओ, कोई ढंग का काम करो।"

जस्सू खामोश हो गया। रात हो गई थी और अपनी अस्पष्ट आवाज़ों में गिरती-उठती हूकने लगी थी, चारों ओर। इस बीच सुरजा ने चिमनी जला दी थी और उसे दो पत्थरों की ओट में रख दिया था ताकि हवा से बुझ न सके। रोशनी के पीलेपन में झोंपड़ी की छाजने उच्छ्वास ले रही थीं। पाले का दबाव बढ़ गया था। सुरजा सिकुड़ी-सिकुड़ी कनखियों से जस्सू को देख लेती थी, फिर अपनी ही आंखों के जलाशय में डुबकियां लगाने लगती थी। उसकी धीमी-धीमी सांस उजाले में घुल जाती थी और वह अधिक अनिश्चित होकर मन्द-मन्द छायाएं बनाने लगती थी।

ओढ़ने-बिछाने के लिए जस्सू के पास भी कुछ नहीं था। गूदड़ और कम्बल मद्दू के पिलान पर थे। सन्दो की उतावली के कारण वह उन्हें उतार लेने की बात सोच ही नहीं पाया था। झोंपड़ी में लकड़ियों का कचरा पड़ा था। उसे अपने और सुरजा के बीच जमाते हुए जस्सू ने चौगिर्द रेत की पाल बना दी ताकि यह ढंग से सुलग सके, बंधी-बंधी आंच दे सके। फिर चिमनी की लौ कचरे से छुआ दी। वह एकदम उमड़कर जलने लगा।

"पास खिसक आओ।" जस्सू ने कहा।

सुरजा आग की भभक में हाथ तापने लगी। अंगों पर जमी हुई ठंड उतरने लगी और मन ताज़ा-ताज़ा हो गया। ओढ़नी का पल्लू ढीला-सा उसके कंधों पर थम गया था। लपटों की ललाई दुगने वेग से गले के गुदनों को छेड़ने लगी थी। वे जाग-जागकर ऊंघने लगते थे। कभी मचलन में भर कर बल खाने लगते थे, हरियल बालियों की भांति। कानों की झूलने चमक उठी थीं। एक मानवीय भाभा उसके 'पूरेपन' से फूट रही थी।

उस नये रंग को जस्सू आश्चर्य-मुग्ध होकर देखता रहा।

"तुम्हें 'बात' आती है कोई?" सुरजा ने पूछा, फिर कुछ बनती हुई-सी बोली, "गाबासी में हम आग तापने बैठते थे रात को, तो चुपचाप नहीं रह सकते थे। कोई-न-कोई किस्सा खोल देते थे।"

जस्सू मुसकराया, "तुम कहानी सुनाओ। मैं हुंकारा दूंगा।"

सुरजा सहसा संकोच में गड़ गई, "क्या सुनाऊं? बोलो, तुम्हें कौन-सी 'बात' अच्छी लगती है?"

"जो तुम्हें पसन्द हो, वह सुनाओ।"

बाहर के अंधकार में गीदड़ बोल रहे थे, हुंहांयां-हुंहांयां। एक लय में चलती हुई उनकी चीखें आपस में उलझ पड़ती थीं और एक अशुभ, डरावना खोल तैयार करने लगती थीं।

"लो, हुंकारा भरने वालों की जमात आ गई।" कहकर सुरजा हंसने लगी। आग की धधक पर दृष्टि ज़माती हुई बोली, "जसमा ओडणी की सुनाती हूं।"

कथा के पट खोलने से पहले उसने स्वयं को समेटा। एक लपक आंखों में लहराई फिर निकलकर चेहरे पर फैल गई। 'एक था राव खेंगार और एक थी जसमा ओडणी से शुरू होकर 'बात' के बीज अंकुरित होने लगे। पुरवाई में झमे, पछुवा में फूले और लहक-लहककर बढ़ने लगे। कितने ही चरित्र, कितने ही पौधे परस्पर टकराते, घुमड़ाते, बतियाते हुए। उनके जीवन को भाग्य घसीटने लगा। अपनी अंधड़ रफ्तार में। भावनाओं के कड़ाहे खौलने लगे। कभी हंसी-खुशी और शोर का बेपनाह दरिया। कभी मौत की-सी चुप्पी। ओड सिरकियां तान रहे थे, तालाब खोद रहे थे, बैलगाड़ियों पर भाग रहे थे। घुड़सवारों की फौज और तमतमाया हुआ राव खूंगार। 'रखूंगा, जसमा ओडणी को अपने हरम में लाकर रखूंगा!' घमासान लड़ाई हुई। तुम्बों की तरह खोपड़ियां उछलने लगीं। लाशों पर लाशें बिछ गईं। ओड मर-खपे। राव खेंगार ने अट्टहास किया—हःहःहः हः और उन्माद में आगे बढ़ा। पर उसे खाली हाथ लौटना पड़ा। सिर धुनते हुए। पति के मुर्दे को गोद में लेकर जसमा ओडणी चिता पर बैठ गई थी। आग में सब कुछ भस्म हो चुका था।

सुरजा की आंखें बरसने लगीं। राव खेंगार और सन्दो में क्या अन्तर

है ? लेकिन, जसमा के पास तो मर-मिटने के लिए एक आधार था, उसका पति। सुरजा को यह आधार नहीं मिला और अब वह सन्दो की इच्छापूर्ति में स्वयं को तिल-तिल जला रही थी। क्या एक कुंआरी लड़की का इस तरह जलना सती होने से कम है?

एकाएक झोंपड़ी पिंजरे की तरह लगने लगी, बन्द और घुटी-घुटी। जस्सू ने वातावरण के उस भारीपन को कम करने के लिए कुछ 'टोटके' सुनाए। वह सुरजा को हंसाने की कोशिश करने लगा। नाई, दर्जी, रेगर, बांमण, किराड़—अब अजीब-अजीब प्रसंगों से जुड़कर सामने आ गए और खिल-खिल करने लगे।

सुरजा हल्की हो गई। जस्सू के टोटकों ने दिल का बोझ कम कर दिया। बोली, "तुम्हारे टोटके सुनकर मज़ा आ गया। अब एक मेरा भी।"

जस्सू ने पेट पकड़ लिया, "इत्ता मत हंसाना कि आंतें फट जाएं।"

"हंसने का नहीं, विचार करने का है" सुरजा ने कहा, "एक बाड़मेर का बनिया कहीं जा रहा था। बगल में रुपयों की पोटली थी। रास्ते में दो आदमी मिले। गाबासी का तो जाट था और बराऊ का राजपूत। दोनों ने बनिये के रुपये छीनने का निश्चय किया। पहले जाट बनिये के पास गया। रामा-स्यामा करने के बाद बोला, "सेठां, एक बात बतलाओ, हम दोनों में से कौन भला है और कौन बुरा?"

बनिया उसकी चाल समझ गया। उसने सोचा, जिस किसी को बुरा कह दूंगा, वही मेरे रुपये छीन लेगा। अतः टालते हुए, खुशामदी अन्दाज़ में बोला, 'ठाकर-सा भले, चौधरी-सा अच्छे!'

तब राजपूत ने कहा, "साफ-साफ न्याय करो। दोनों तो भले हम हैं नहीं, इसलिए जो बुरा है, उसकी तरफ अंगुली उठा दो।"

बनिया सचेत हो गया। उसने आगे जाने का इरादा छोड़ दिया और उल्टे पांव अपने घर लौटने लगा। रुपयों की पोटली कसकर बगल में दबा ली। जाट और राजपूत को दोनों हाथों से परे धकेलता हुआ वह एक ही रट

लगाए रहा, 'ठाकर-सा भले, चौधरी-सा अच्छे !'

आखिर वह वापस बाड़मेर में आ गया। ज़ाट और राजपूत ने भी पीछा नहीं छोड़ा। वे अपना सवाल बार-बार पूछते रहे, पर बनिये ने तो एक ही उत्तर तय कर लिया था। जब घर आ गया तो बनिया भागकर अन्दर घुस गया। फिर दरवाज़ा बन्द कर छत पर चढ़ गया और ज़ोर से बोला, 'ठीक है, तुम्हें अगर अच्छे और भले से सन्तोष नहीं है तो सुन लो, एक नीच है और दूसरा कमीना। अब यहीं से रफू हो जाओ, नहीं तो लोगों को इकट्ठा करता हूं।'

दोनों अपना-सामुंह लेकर लौट पड़े। बनिये ने गाबासी के जाटों की नीचता और बराऊ के राजपूतों के कमीनेपन का बखिया खोलकर रख दिया था। लेकिन उन पर क्या असर हुआ? वे आज भी वैसे ही हैं।"

जस्सू ने सुरजा की टिप्पणी सुनी और आकल-बेकल हो गया। इस स्त्री ने उसे एक विचित्र चकाचौंध स्थिति में डाल दिया था। अपने ढंग से वह सुरजा को समझने की कोशिश भी कर रहा था, पर हर बार असली चीज़ मुट्ठी से फिसल जाती थी। उसका सुख, उलझन और आशंका में डोल रहा था।

चिमनी की जोत मन्द होते-होते बुझ गई। उसका तेल चुक गया था। सुरजा आग में और कचरा डालने लगी। उसका धुआं उठने लगा और कड़वी बास फैल गई। अचानक सुरजा ने हड़बड़ाकर लहंगा समेट लिया, फिर उसके घेर को फेंकती हुई-सी खड़ी हो गई। वह हाथों से फटकारे दे रही थी। परेशान। बिखरी-डरी।

"क्या हुआ ?" जस्सू ने पूछा और अस्त-व्यस्त हो उठा।

"मकोड़े !" सुरजा खिंचे स्वर में बोली, "लहंगे में घुस गए हैं।"

जस्सू ने उचककर बिल की तरफ देखा। मिट्टी की ढेरियों में दुबारा सूराख बनाकर मकोड़े बाहर निकल आए थे और आग के उजास में खलबली पैदा करते हुए इधर-उधर दौड़ रहे थे। गिरते-मटकते-बिगड़ते। उनके कंटीले पांव धूल को खोदते-से चल रहे थे। ऐसा लगता

था, जैसे किसी छीना-झपटी में शामिल हैं। एक बेतुके ढंग से।

एक लकड़ी जलाकर जस्सू ने अच्छी रोशनी की। मकोड़ों के बिखराव को घूरते हुए उसने कुछ अंदाज़ भिड़ाया। लकड़ी को ज़मीन से सटा कर वह एक-एक मकोड़े की मुद्राएं पढ़ने लगा। फिर तेज़ी से उनके सिर-पेट-पंजे भूनता हुआ लकड़ी के सिरे पर जलती लपट को हिलाने-डुलाने लगे। मकोड़ों ने तुरन्त इस संकट को भांप लिया। वे एक-दूसरे पर चढ़ते-भागते वापस बिल में जाने लगे। थोड़ी देर में ही उनका नामो-निशान मिट गया। जस्सू ने कुछ सुलगता हुआ कचरा बिल पर डाल दिया। "अब नहीं निकलेंगे।" उसने आश्वस्त होकर कहा और कोई आवाज़, खटका न पाकर सुरजा को टोहने लगा।

वह अपनी दरी को दूर कोने में खींच ले गई थी और एक पिंडली उघाड़कर नाखून से खुजला रही थी। पिंडली पर सूजन का एक चकत्ता पड़ गया था।

"काट लिया ?" जस्सू ने पूछा और मकोड़ों के बिल को शत्रुता से देखने लगा। वहां अब कचरे के फुसफुसे अंगारे चमक रहे थे।

इससे पहले कि सुरजा कुछ कहे, बाहर मद्दू, की बल-बलाहट सुनाई दी। वह अपने में सिकुड़ गई। आंखों में घबराहट उतर आई।

"कौन आया है ?" सूरजा ने जस्सू की ओर कातर दृष्टि उठा दी।

"सन्दो है।" जस्सू खुद अव्यवस्थित हो गया था।

सुरजा दौड़कर उससे लिपट गई।

"वह मुझे मार डालेगा। उसे अन्दर मत आने दो।"

जस्सू को सब कुछ सपने जैसा लग रहा था, अविश्वसनीय पर अब तो...सपना टूट गया था और एक खारा उबाल उसके भीतर करवटें ले रहा था। नसें मूंज की तरह ऐंठ रही थीं। उसके शरीर को विषैली जकड़नों में बांधकर तोड़ रही थीं। सन्दो का आना उसे किसी लोककथा में क्रूर दानव

के आगमन की भांति लगा। वह नरभक्षी आता है और जीवन को पींचकर, खंखाल कर चला जाता है।

सुरजा का गात थर-थर कांप रहा था, उससे कमज़ोर बेल की भांति चिपका हुआ। जस्सू का मन हुआ कि उन भय से नीले पड़े होंठों पर अपने होंठ रख दे और तमाम अंधेरा पी जाए। अंधेरा खून में लहराकर, घुलकर उसे काला कर रहा था। अंधेरा भाले की नोंक-सा सीने में गड़ गया था। अंधेरा, जिसमें श्मशान की चिरागंध भर गई थी और सूखी हड्डियां बज रही थीं।

एक आसक्ति का भाव—जीवन के प्रति, जस्सू के प्रति, जिसकी वजह से सुरजा जैसी हिम्मतवर जाटणी के अन्दर दुर्बलता आ गई थी। जस्सू से बतियाते हुए उसे लगा था कि अभी वह खत्म नहीं हुई है, उसमें जान है और किसी मज़बूत तने के सहारे वह खड़ी हो सकती है। उसने अपने जीवित अंशों को जोड़ना शुरू किया था कि झटका लगा, भूकम्प का-सा। वे बिलखने लगे। जैसे सितारे झड़ जाते हैं। क्या कोई उनका झड़ना-बिखरना रोक सकता है?

वह जस्सू की बांहों में छिपने लगी। उसे लगा, इन बांहों में ताकत है, हौसला है और प्यार है। वे उसे बचा सकती हैं। ये धोखा नहीं देंगी। उसे असहाय अवस्था में तजेंगी नहीं। इसमें अपने लिए जगह बना लो और बेखौफ रहो।

'तुम्हें मुझसे नफरत तो नहीं है?' सुरजा पूछना चाहती थी कि जस्सू ने कहा, "घबराओ मत, मैं अभी आता हूं।"

सुरजा ने जाते हुए जस्सू की पीठ देखी। वह उछला और झोंपड़ी के द्वार पर आड़ बनाकर रखे हुए डाक के बण्डल को उलांध गया।

बाहर सन्दो किसी से खुसर-पुसर कर रहा था। दो ऊंट खड़े थे, हांफते हुए।

टीलों के पार चांद उग आया था। कांसी की थाली-सा धूमिल। उसका उजाला रेत पर सफेद चूरे की तरह बरस रहा था, झिर-झिर। अरनों की

परछाइयां निढाल पड़ी थीं। सर्द झोंके जिस्म को चीरते हुए चले जाते थे, बेबाक।

"जस्सू हे !" की हांक लगाता हुआ सन्दो नज़दीक आ गया। फिर सुर को संक्षिप्त कर बोला, "चलो, तुम्हें एक खेल दिखलाऊं !"

दस-बारह टीबड़े निकल गए। सन्दो ने जस्सू के हाथ में हाथ डाल रखा था और जल्दी-जल्दी चल रहा था। एक दरख्त के नीचे ईंटों का चौक बना था और उस पर रखी मूरत गर्द-भरी चांदनी में साफ नज़र आ रही थी।

सन्दो रुक गया, बोला, "यह भैरुंजी का थान है।

फिर थान के ऊपर से कुछ उठाकर कहने लगा, "इसे देखो, पहचान गये? भैरुंजी ने सुपने में आकर मुझसे आदमी का भक्ख मांगा था, आज दे दिया है।"

जस्सू कांप उठा। ऊपर से नीचे तक। बेहोशी-सी आने लगी।

एक ताज़ा कटा हुआ सिर सन्दो ने पकड़ रखा था और झुला रहा था। रक्त की गाढ़ी बूंदें टपक रही थीं। जस्सू ने पहचान लिया, यह वही आदमी था जो सुबह सन्दो के साथ मिला था और जिसे उसने अपना संगाती कहा था।

"तुमने...यह क्यों किया ?" उसके मुंह से निकला।

"मुझे भैरूंजी का इष्ट है और उसी के परताप से सैकड़ों बार मौत की खाई में जाते-जाते बचा हूं। भैरूंजी ने नर की बलि मांगी और मैंने दे दी... इस आदमी को मैं बड़ी मुश्किल से पटाकर यहां तक लाया। औरत का लालच देकर कोई भी काम आसानी से कराया जा सकता है। इसको भी सुरजा की पट्टी लगाई और दो दिन तक उसके साथ मज़े करवाए। फिर गर्दन से उड़ा दिया।" कहकर सन्दो ने थान के आगे हाथ जोड़ दिए। खोपड़ी वापस मूरत के आगे रख दी। उसके खून को अंगुली पर लगाकर अपने पर छींट लिया भक्ति-भाव से।

जस्सू की सांस तेज़ी से चल रही थी, जैसे लुहार की धौंकनी हो गई हो। जीभ तालू से चिपक गई थी और होंठों से बोला नहीं जा रहा था। वे

एक न समझ में आनेवाली बुद-बुद छोड़कर रह जाते थे।

थान की फेरी लगाकर सन्दो ने माथा नवाया और लौट पड़ा। जस्सू जेवड़े में बंधे पडिया की भांति उसके पीछे चल पड़ा। दोनों की पदचापें ऐसे बोल रही थीं, मानो पानी में मेंढक छपक रहे हों।

मद्दू की नकेल अरने के गाछ से जुड़ी थी। वह जस्सू को निकट आते देखकर होंठों को फलफलाने लगा। नेह-वश। उसके साथ खड़ा दूसरा ऊंट अब नहीं था।

जस्सू ने एक निगाह मद्दू पर डाली फिर झोंपड़ी की तरफ बढ़ गया। झोंपड़ी के दरवाज़े से डाक का बंडल हटा दिया गया था। कचरे की आग बुझ चुकी थी, पर चांदनी का आभास अन्दर पहुंच गया था और अन्धकार ढीला-ढीला था। जस्सू ने आवाज़ दी, दबे-दबे, "सुरजा!"

कोई जवाब नहीं मिला।

वह अनुमान से दरी टटोलने लगा। उसके शरीर का रेशा-रेशा पुकार रहा था, "सुरजा, ओ सुरजा! सो गई हो?"

तभी आहट हुई।

सन्दो भीतर आता हुआ बोला, "उसे तो थानेदार अपने साथ ले गया। पुलिस से कौन झगड़ा-टंटा करे, यह सोचकर मैंने भी राजीनामा कर लिया। थानेदार कुछ रुपये और सुरजा को चाहता था। मैंने हां भर ली। तुमसे ऊंट लेकर मैं उसको बुलाने ही गया था।" वह अंगड़ायी तोड़ने लगा, "स्साली औरत मेरे किस काम की? थानेदार भी चार-छः रोज़ सुरजा को रखेगा, फिर किसी दलाल के हाथ बेचबाच देगा।"

जस्सू की धरती ज़ोर-ज़ोर से घूमने लगी।

□□□□

दिन का वह टुकड़ा ज़र्दे की तरह पीला और रंगत वाला था।

पीपल से गिरे हुए पत्तों का एक व्यर्थ रेला दरवाज़े के पास पड़ी हुई सिल को छू-छूकर चक्कर दे रहा था। हवा इस मिजाज़ से फूत्कारती हुई बोल रही थी, मानो घास के तिनके चबा रही हो और वे बार-बार उसके ठंडे, नुकीले दांतों में फंस जाते हों। गोबर से पुते हुए भद्दे आंगन में एक निठल्ली चुप जगह घेरकर बैठी थी।

बन्ना ने देखा, दीवार की छाया असंयत होकर फैल रही थी और उसके धब्बे दुनिया के किसी हिस्से का फटा हुआ नक्शा संभालकर रख रहे थे।

घर में कोई नहीं था, बन्ना के सिवा। गांव में कोई मर गया था और रामौतार उसकी अर्थी में गया हुआ था। रक्खे घोड़ी की तीमारदारी में लगा था। उसकी टांगों को कुछ ततैयों ने काट लिया था और वे बुरी तरह सूज गई थीं। घोड़ी को लेकर रक्खे शायद डाक्टर के पास गया था।

सिर में दर्द था। बन्ना ने दुपट्टे को माथे पर बांध लिया। थोड़ा आराम मिला, लेकिन वह अपने में न जाने कैसी कमज़ोरी महसूस कर रही थी। उसे बराबर लग रहा था कि कनपटियों में चिनगारियां दौड़ रही हैं और वे उसका सब कुछ झुलसाकर रख देंगी। ऐसे-ऐसे खयाल आ रहे थे कि वह स्वयं के लिए भी अपरिचित और कठिन होती जा रही थी। सेहत के बारे में उसने कभी चिन्ता नहीं की थी, न ही उसे ज़रूरत महसूस हुई थी, पर इधर अनचाहे वह सोचने लगी थी कि धीरे-धीरे उसका स्वास्थ्य टूट रहा है, एक दुर्बलता के गारे में धंसता चला जा रहा है।

क्या वह मौत से डरती है ?

एक सवाल उसकी आंखों में उछला और पलकें अपने-आप फड़फड़ाकर झिंप गई। अन्धकार की पाल तन गई। अन्दर रक्त के छींटों जैसे बिन्दु उभरने लगे। कभी गोल, कभी चौकोर। उसे लगा, कोई बाज़ीगर बड़ी होशियारी से इन बिन्दुओं को नचा रहा है। यहीं—नेगिया में, बन्ना ने एक बार कठपुतलियों का तमाशा देखा था। काले कपड़े पहने हुए एक भुतैला आदमी उनको बारीक, सुथरे धागों के बल पर हिला रहा था, गिरा रहा था, उठा रहा था। पुतलियां रीझती थीं, खीझती थीं और तरह-तरह की भगिमाएं बनाती थीं। ऐसा लगता था, मानो वह बौनी शक्लों का बोलता-जागता संसार हो। बन्ना की तब इच्छा हुई थी कि वह भी अगर आकार में उसी तरह की हो जाए तो कितना मज़ा रहे। फिर वह जान सकेगी कि उन पुतलियों का जीवन कैसा है, किस रंग का है और क्या उसमें भी उदासी के नामालूम ताने-बाने हैं।

बन्ना सिहर गई, अचानक उफन आए इस प्रश्न से कि क्या मत्यु के प्रति उसके मन में किसी किस्म का भय है ? थोड़ी देर पहले उसने कुछ आवाज़ें सुनी थीं—'राम नाम सत्त है, सत्त बोलो गत्त है !' उनमें एक आवाज़ रामौतार की भी रही होगी। उस वक्त, पता नहीं क्यों बन्ना ने सोच लिया था कि एक दिन रामौतार की भी 'सत्त बोलो गत्त' हो जाएगी और तब सब मिलकर उसे मसान-भूमि तक छोड़ने जाएंगे। इस 'विदाई के दृश्य' पर बन्ना मुसकराए बिना नहीं रह सकी थी, लेकिन तुरन्त उसके शरीर में सनसनी व्याप गई थी। पर उसे अपने सोचने के ढंग से डर लगा था। खुद से नफरत हुई थी। पर देर तक अस्थिर रहने के बावजूद उसने मान लिया था कि वह रामौतार की ज़िन्दगी से जितना प्यार करती है, उतना ही उसकी मौत से। दोनों के बीच फर्क करना या कोई विभाजनरेखा खींच देना उसके बस की बात नहीं है। वह पति को भारी महत्त्व देती है और अपने मुंहासों को भी। दर्द की जो कड़वाहट या मिठास पति के साथ जुड़ी हुई है, मुंहासों तक आते-आते वह अधिक तीव्र हो जाती है।

इलाज बन्ना के, पास नहीं है। एक ऐसी स्थिति सामने आकर टिक गई है कि निदान की जागरूकता खत्म हो चुकी है। पति और मुंहासों के बीच दूरी है, पर असन्तोष नहीं। मवाद है, पर वितृष्णा नहीं। खालीपन है, पर संशय नहीं। दाम्पत्य जब अपनी हदें पहचान लेता है तो आश्वस्त हो जाता है। आश्वस्त और सुखी। सुख फिर चाहे रेत हो या पानी, कोई अन्तर नहीं आता।

बन्ना ने अनुभव किया, वह किसी भूलभुलैया में फंस गई है। विचार जितनी उलझनों के संग उमड़ते चले आ रहे हैं, उनसे किनारा करना मुश्किल है। एक दफा गोल-कुण्डा के किले में भी वह इसी तरह भटक गई थी और साथ वालों से अलग पड़ गई थी। उसके सामने बड़ी-बड़ी दीवारें और उनको-लांघते हुए चक्करदार रास्ते थे। वे रास्ते उसे कहीं नहीं ले जाते थे। बस, एक घुमाव में फिरकनी बना कर कमज़ोर कर डालते थे। बन्ना घबराई हुई डोल रही थी। इधर से उधर। उधर से इधर। व्यर्थ। अगर उस समय वह कंजी आंखों और अधखिचड़ी बालों वाला गाइड न मिल जाता तो बन्ना का घेरे से बाहर निकलना कठिन था।

बन्ना के होंठ मुसकान में खिंच गए। उसे गाइड के बाल अभी तक याद थे। कहीं भूरे, कहीं सफेद, कहीं काले कहीं लाल। मेंहदी-से रंगे हुए, हास्यास्पद। चिढ़कर बन्ना ने कहा था, "तुम अपनी टोपी क्यों नहीं ओढ़ लेते?"

उसका चेहरा शर्म से लाल पड़ गया था, पर एक आज्ञाकारी मुद्रा बनाकर उसने तुरन्त सिर के गोल हिस्से को टोपी से ढंक दिया था।

तब बन्ना हाईस्कूल में पढ़ती थी और अपने प्रति एक गूढ़ रहस्य और संकोच का भाव रखती थी। गाइड की झेंप ने उसे भी ललमुंही बना दिया था। औरत हो जाने के बाद वे रहस्य एकदम उसकी पकड़ से बाहर हो गए थे। वह लड़कपन के लज्जाजनित विषयों का स्मरण कर रीत-सी जाती थी। लेकिन...न मालूम क्यों बन्ना को अपना अतीत और

वर्तमान पराया-पराया लगता था। गुज़रे हुए जीवन की रोचकताओं और आज की शिथिलता में कहीं कोई मेल, कहीं कोई सम्बन्ध-सूत्र नहीं था। बन्ना ने दर्शक की हैसियत से सब कुछ देख लिया था, जान लिया था और अब दर्शक के रिक्त अधूरेपन में ही अपने समय को टूक-टूक कर रही थी।

हवा का एक तीखा झोंका आया और बन्ना की सांस रुक-सी गई। उसमें मुर्दे के जलने की निचाट दुर्गन्ध थी। श्मशान नज़दीक था और जब भी किसी मृतक को जलाया जाता था, उसकी कचोटने वाली सड़ांध सारे गांव में फैल जाती थी। बन्ना का जी मितलाने लगा। इलायची की खोज में उसने कुरती की जेब टटोली, पर उसमें मतीरे का मुना हुआ बीज था। बन्ना ने बीज मुंह में डाल लिया और नथुनों को सिकोड़कर धीमे-धीमे सांस लेने लगी ताकि कम से कम बदबू फेफड़ों में पहुंचे।

कमरे में एक खिड़कीनुमा सूराख था, पीछे की तरफ। बाहर उस पर टीन की छाजन लगी हुई थी। छाजन के सहारे कीकर का एक नया दरख्त खड़ा हो रहा था और दो-तीन टहनियां अन्दर भी चली आई थीं। कच्ची, हरी पत्तियां आहिस्ता-आहिस्ता हिल रही थीं। एक टहनी काफी आगे आकर मुड़ गई थी और उस पर रामौतार का जांघिया सूख रहा था। वहीं से खुटियों को जोड़ती हुई एक डोर तान दी गई थी, जिस पर दूसरे कपड़े थे। बन्ना का ब्लाउज़ उड़कर नीचे गिर गया था और कछुए की आकृति धारण कर दम साधे पड़ा था। उसके ऊपर के दो बटन नीली आंखों की तरह चमक रहे थे।

बन्ना अंगड़ाई और उबासी लेकर उठी। माथे में अभी भी पीड़ा थी। उसने दुपट्टे की गांठ को ज़रा कस दिया, फिर खिड़की के पास आकर खड़ी हो गई। कीकर की एक पत्ती तोड़कर जीभ पर रख ली और कसकसे स्वाद को महसूस करती हुई सामने देखने लगी।

ढलती हुई दोपहरी में फूस और गारे के बदशक्ल ढांचे, जिन्हें मुश्किल से ही मकान कहा जा सकता था, जबड़े भींचे खड़ थे। दो चीलें होड़ करती

हुई हवा के विस्तार में तैर रही थीं। कहीं एक गाय इस तरह करुण होकर रंभा रही थी, जैसे उसे गर्म लोहे की छड़ से दागा जा रहा हो। मरने वाले के घर में रोना-धोना ज़ारी था।

कहीं कुछ ऐसा नहीं था जिससे मन बिलमाया जा सके।

बन्ना ने कुछ आगे झुककर एक ड्योढ़ी में देखा, तनिक तीक्ष्णता से। एक लड़की दूसरी लड़की के सिर में जुएं ढूंढ रही थी और बीच-बीच में खुश होकर नाखून चिटचिटा देती थी। थोड़ी देर बाद दूसरी लड़की ने पहली लड़की को अपने आगे बिठा लिया और झुककर उसके बालों को टटोलने लगी। पहली कुछ बुदबूदाई और खिलखिल करके हंस पड़ी तो दूसरी ने उसे घुटनों से टहोक दिया, फिर खुद भी खिलर-खिलर होकर दुहरा गई।

अपने आप पर गुस्सा होकरबन्ना पलट गई। वह काफी देर से नाखून चबा रही थी और बार-बार उनके मैले टुक्ड़े मुंह से थुथक रही थी। मामी भी इसी तरह जब देखो नाखून निगलती रहती थी। उसे याद आया, मामा का डांटना, चिड़चिड़ाना, बदहवास होना और फिर मामी पर उसका कोई असर न देखकर भीत के टक्करें मारना।

बहुत-सी आदतें बन्ना ने मामी से ली थीं।

यो उसे मामा ज़्यादा पसन्द थे। वे धुआंधार सिगरेट पीते थे, पान खाते थे और शाम होते ही नहा-धोकर घर से निकल पड़ते थे, आधी रात तक लौटते तो बन्ना को ही दरवाज़े की कुंडी खोलनी पड़ती थी। उनका शरीर इत्र और शराब की महक से गुदगुदा-सा लगता था। बन्ना उन्हें सहारा देकर मामी की चारपाई तक पहुंचा देती थी।

"जब मामा ने अपनी ही उम्र के रामौतार से उसकी मंगनी तय कर दी तो वह मन में मलाल करने के बजाय दूनी खुश हुई थी। असल में उसने मामा जैसे ही किसी अधेड़ को अपने प्रेमी के रूप में स्वीकार कर रखा था। कई बार तो वह मामा और मामी को साथ सोते देखकर ईर्ष्या से जलभुन

उठती थी, फिर यह सोचकर कि मामा के संग मामी नहीं वह खुद सो रही है, तसल्ली कर लेती थी।

एक पैर के बल खड़े-खड़े बन्ना को थकान होने लगी। उसने दूसरे पांव पर वज़न डाल दिया और बायीं आंख के कोने में इकट्ठे हो गए कीच को अंगुली से मसलकर साफ करने लगी। कुछ दिनों से, उसकी आंखों में टीस उठती थी और भौंहों की किनारियों तक जाकर गुम हो जाती थी। पपोटे भी फकड़ते रहते थे।

बन्ना कमरे में चहलकदमी करने लगी। वह उकता रही थी और कुछ करने की सांसत में चूड़ियों को कभी कलाइयों पर कस रही थी, कभी ढीला छोड़ रही थी। उसके पास दो किताबें थीं—एक 'मुकालबा बहार' और दूसरी 'बीरबल विनोद'। दोनों को ही वह कई-कई बार पढ़ चुकी थी। रामौतार बाड़मेर से अख़बार मंगवाते थे, जस्सू के हाथ। उनकी बासी ख़बरों को भी बन्ना किस्से-कहानियों की तरह रस लेकर बार-बार बांचती रहती थी।

मामा सिर्फ़ प्रेमचन्द के शौकीन थे। उनके साथ लगे रहने की धुन में बन्ना ने भी पूरा प्रेमचन्द-साहित्य पढ़ा था। 'सेवा-सदन' की सुमन ने उसे बड़ा प्रभावित किया था। एक रोज़ मामा अकेले थे। मामी अपने भतीजे के मुंडन-संस्कार में गई हुई थी। बन्ना ने मामा को शेविंग का सामान दिया और खंभे से लगकर खड़ी हो गई। जाने वह किस बहाव में थी कि एकदम बोल पड़ी, "मामा, मैं भी सुमन की तरह वेश्या बनूंगी।"

"जानती हो, वेश्या क्या होती है?" मामा हो-हो कर हंस पड़े थे। हिल जाने की वज़ह से एक जगह रेज़र लग भी गया था।

"नहीं जानती..." वह सकपका गई, "लेकिन बन सकती हूं।"

मामा ने उसे घूरकर देखा और तौलिये से साबुन पोंछने लगे थे।

"बनो, ज़रूर बनो!" कहकर मामा ने भाग लगा ब्रश पानी के मग में डाल दिया था।

बाद में, करीब सोलह-सत्रह बरस की उम्र में, बन्ना ने एक वेश्या

को देखा था। वह उनके पड़ोस में आकर रहने लगी थी। दुबला, निचुड़ा हुआ मुख और ठिगना कद। उसे कोई बीमारी हो गई थी और वह दिन भर बरामदे में खाट डाले सोती-कराहती रहती थी। मामी ने एक दिन फुस-फुसाकर बन्ना को बताया था कि यह रंडी है।

"वेश्या ?" बन्ना ने उस औरत को अजीब निगाहों से ताकते हुए पूछा था। मामी के हामी भरने पर वह अस्त-व्यस्त हो उठी थी।

वे दिन बड़े रोमांच वाले थे। बन्ना एकदम मामी की सहेली बन बैठी थी और उससे कैसी-कैसी विचित्र बातें सुना करती थी। बचपन में मामी के हाथों खाईं मार और गाली-गलौज को अब वह बिलकुल भूल गई थी। उसे बात-बेबात हंसना, शरीर में लोच देना और गली से गुज़रने वाले पुरुषों को ललक से एकटक देखना अच्छा लगता था। मामा के दफ्तर से जाते ही वह छत की मुंडेर से लगकर खड़ी हो जाती थी। बीच-बीच में मामी किसी काम के लिए आवाज़ देती थी तो वह थोड़ी देर के लिए जाकर फिर लौट पड़ती थी।

उसी दौर में बन्ना को पता लगा कि 'ठंडी' और 'तेज़' औरत क्या होती है ? आदमी कैसे तालाब में 'डूबता' है, 'तैरता' है और 'उबर' कर किनारे पर आ जाता है। मामी उसे मामा के उदाहरण देकर समझाती थी। उसका चेहरा उत्तेजना से कांपने लगा था।

पड़ोस की रंडी एक दिन मर गई तो बन्ना को धक्का-सा लगा था। वह उससे मिलना चाहती थी, पर मौका नहीं निकाल पा रही थी। रंडी के यहां भी हर वक्त शोर होता रहता था, लोग आते-जाते रहते थे और चीखें उठ-उठकर गिरती-फिसलती रहती थीं। मामी ने बताया कि कुछ मर्दों ने बीमारी की हालत में भी रंडी के गोश्त को सूखा नहीं छोड़ा था। आखिर उसने चावलों में संखिया डालकर खा लिया और इस गलाजत से छुटकारा पा गई।

बन्ना खामोश, मंत्र-मुग्ध-सी, मामी के सिकुड़े हुए बादामी चेहरे को देखती रह गई थी। उसे सब कुछ अनिश्चित और झुलसा हुआ लगा था।

मामी ने ही तब उसे सैंतालीस के दंगों की कहानी सुनाई थी, जिन्होंने बन्ना के मां-बाप और भाई को सदा के लिए मिटा दिया था। किस तरह से बाप की आंखें फोड़ दी गईं, पेट में खंजर भोंककर मांस निकाला गया, किस तरह से भाई की चमड़ी को उबलते हुए आलू की तरह छीला गया, बोटी-बोटी काटकर फेंक दी गई, कैसे आठ-नौ जनों ने मां की नंगी देह को रौंदा, स्तनों की धुंडियां उतार लीं और कूल्हों के बीच में मिरची का चूरा भर दिया—सुनते हुए बन्ना बेहोश-सी हो गई थी। उसे अपने चारों ओर का संसार क्रूर, डरावना और बर्बर लगने लगा था। उस रोज़ से वह अधिक अकेली, अधिक अनमनी हो गई थी। अब मामी के रसीले मज़ाक बन्ना को सुहाते नहीं थे। एक चौंका देने वाला परिवर्तन उसमें उगने लगा था, जैसे सत्यानाशी का कंटीला पौधा उगता है। अपने शरीर के लिए उसके अन्दर का सुख-भरा आकर्षण बुझने लगा था और जब रामौतार से शादी हुई तो वह एक निःसंग, बेजुबान हरकत भर रह गई थी। ऐसा नहीं था कि रामौतार ने बन्ना की निर्जीवता को महसूस नहीं किया था। शुरू में तो वह इस स्त्री के शीत को स्वाभाविक समझता रहा, पर आगे की चरम समाप्ति पर भी जब उसने कोई बदलाव नहीं पाया तो हतप्रभ होकर रह गया था। उसे अपने में किसी भारी कमी का एहसास हुआ, लेकिन बन्ना की सहजता ने उस एहसास को एक निरर्थक उजास की ओर मोड़ दिया। वह अपनी क्षीण शक्ति और प्रबल महत्त्वाकांक्षाओं की बेजमीन दुनिया में सांस लेने लगा। रफ्ता-रफ्ता उसका आत्मविश्वास लौट आया। उसने तय कर लिया कि वह बन्ना के मौन को नहीं तोड़ेगा, उसकी निष्क्रियता में खलल नहीं डालेगा, जो कुछ मिलता है, उसी को लेकर संतुष्ट हो जाएगा। और बन्ना तो बहुत पहले अपने शरीर के साथ समझौता कर चुकी थी...यह मान चुकी थी कि हर औरत किसी-न-किसी स्तर पर रंडी होने के लिए विवश है। मां, मामी और वह पड़ोसिन वेश्या...तीनों के स्थापित रंडीपने ने बन्ना को अंतिम निष्कर्ष तक पहुंचा दिया था।

आले में शीशा रखा था। उसका रोगन धुंधला पड़ चुका था और एक कोना टूटकर झड़ गया था। चलते-चलते बन्ना ने अपनी गर्दन का एक हिस्सा शीशे में देखा। वहां की चाम भूरी और भरी हुई लग रही थी, एक चने के दाने जितना मस्सा उस पर बैठा था। कुछ मुलायम रोएं उस मस्से के चौतरफ फूट रहे थे। बन्ना ने उसे एक अंगुली से सहलाया,फिर सहसा सहम गई। एक बार मामी की कुहनी पर दाद हो गया था तो इस मस्से के रंग की कुछ जोंकें उनके लगाई गई थीं, गंदा खून चूसने के लिए। जोंकें खून पीकर फूल गई थीं और अचेत होकर गिर पड़ी थीं। बन्ना को लगा, यह मस्सा किसी प्यासी जोंक का सिर है और उसकी गर्दन का रक्त चूसने में लगा हुआ है। उसने मस्से को नोंचने का विचार किया, फिर अन्यमनस्क होकर शीशे के सामने से हट गई।

दुपट्टे की गांठ खोलकर उसने माथे को हल्के-से दबाया। होंठों को भी सहलाया। वे आपस में सटकर सख्त पड़ गए थे। बन्ना को अपनी चुप्पी खलने लगी। उसे लगा, बहुत देर से न बोलने के कारण होंठ बेजान हो गए हैं। वह व्यग्र होकर कुछ शब्द ढूंढ़ने लगी, जिनके बहाने बोला जा सके। आखिर उसने ऊपर की ओर मुंह कर छत के आड़े-तिरछे जालों को देखा, फिर ठिठुरी हुई आवाज़ में बोली, "मुझे सर्दी लग रही है।"

कमरे में एक बुझी-बुझी गूंज पैदा हुई और बिखर गई।

बन्ना ने संदूक पर पड़ा हुआ स्वेटर उठा लिया और उसे बांहों में चढ़ाने लगी। स्वेटर सफेद था। उसे पहनने के बाद बन्ना का चेहरा करुण और निष्प्रभ लगने लगा।

कीकर की डाल पर एक चिड़िया आकर बैठ गई, सुनहरे नीले पंखों वाली, और चहकने लगी। कमरे की घनी जड़ता ने उसकी चहक को महसूस किया। बन्ना ने शांत, पर बहकी-बहकी दृष्टि से सोनचिड़ी की चंचलता को देखा और अपने बालों पर हाथ फेरने लगी। टूटे, उलझे हुए केशों का एक गुच्छा उसकी गोद में आ गिरा।

बन्ना को अपने गले में खिंचाव का अनुभव हुआ। वह लड़खड़ाती हुई सी मटके के पास गई और लोटा भरकर मुंह से लगा लिया। पानी अन्दर जा रहा था, छाती में झुरझुरी उत्पन्न करता हुआ। बन्ना ने सोचा, अगर वह इसी तरह पानी पीती रहे तो एक स्थिति ऐसी आएगी कि उसका पेट घड़े की भांति फूल जाएगा। हो सकता है, तब वह फट भी जाए।

अपने पर एक रद्दी-सी झुंझलाहट हुई बन्ना को, पानी फर्श पर गिर गया था और उसके गरारे के पांयचे गीले हो गए थे।

एक लहर और आई हवा की, जिसमें मुर्दे के जलते-भुनते मांस की बास थी। बन्ना ने दुपट्टा मुंह पर डाल लिया और नथुने फड़काने लगी। उसने जीभ को अन्दर ही अन्दर घुमाया तो लगा कि सब कुछ दुर्गन्धिमय है। दांतों और तालू पर भी बदबू चिपक गई है। उसने कुल्ला करने की सोची, पर तभी उसे भीगे हुए पांयचों का गिलगिलापन छू गया और उसे पानी से डर लगने लगा।

बन्ना को यकायक डाली पर झूलती हुई चिड़िया का ध्यान आया, उसने बड़ी उम्मीद से उधर देखा, पर शाख सूनी थी। चिड़िया जाने कब की वहां से उड़ चुकी थी। बन्ना झपटकर खिड़की पर पहुंची। दूर तक रेत और ठंडा आकाश था। कहीं चहचहाहट नहीं। एक साफ़ेदार आदमी मूंछों को सन की तरह बंटता हुआ धीमे-धीमे जा रहा था। तभी बन्ना की पिंडलियों में चुभन हुई। उसने नीचे देखा। बेंत की एक डलिया, जिसमें लकड़ी का बुरादा भरा हुआ था, गरारे में फंस गई थी। बन्ना ने पांव पीछे कर लिए।

धूप के चौंधे मैले और पेचीदे होते जा रहे थे। बन्ना के जी में आया कि वह अपने आपको गेंद की भांति आसमान में उछाल दे और उन तमाम स्थितियों के बीच में से तीर की तरह निकल जाए, जिनके होने से वह असुविधा महसूस कर रही थी। सबसे खूंख्वार हमला चुप्पी का था; एकान्त का था और बन्ना किसी से दो लफ्ज कहने के लिए तरस रही थी। वह एकाग्र होना चाहती थी, किसी कोलाहल-भरे मैदान में। उसकी तन्मयता चीज़ों के

जीवित अंगों के साथ खेलने के लिए आकुल थी। छुटपन से ही वह बातूनी थी, व्यस्त और घनिष्ठ होकर बोलने की आदी थी, लेकिन रेगिस्तान की इस मनहूसियत ने उसकी छलछलाहट को सोख लिया था। कभी-कभी उसमें ख्वाहिश जगती थी कि वह समूचे शुष्क, नीरस और बंजर माहौल पर एक उमंग भरी नदी की तरह उमड़ चले, पर तभी उसकी नज़रें अपने आसपास कुछ खोजने लगती थीं—नदी, कहां है वह नदी ? उसके अंतरंग में तो नहीं है।

अचानक दरवाज़े पर थपकी हुई।

बन्ना चौंक पड़ी। गर्दन मोड़कर देखा। वही हसमुख लड़का था—मिनिया ! हाथ में पाटी-बस्तालिए हुए। उसकी भोली, बड़री आंखों में हरदम एक ऐसी रोशनी झिलमिलाती रहती थी कि बन्ना विभोर हो उठती थी। उसे महसूस होता था, इन आंखों में किसी उत्सव का-सा प्रसन्न रंग है, दूसरों को सहसा आह्लादित कर देने वाला, पर दूसरों की विवशताओं से बिलकुल अलग-थलग!

"आओ!" बन्ना के स्वर में उमंग थी, "मैं तुम्हारा इन्तज़ार कर रही थी।"

"मैं जल्दी आना चाहता था, पर बड़ी बुआ के घर में मौत हो गई न, इसलिए देर हो गई।" मिनिया ने तनिक झिझक के साथ सफाई दी।

बन्ना विचलित हो उठी, उसके दिमाग में फिर एक पत्थर आकर लगा, तुम मरने से डरती हो न?

"मैं मौत से नहीं डरती।" बन्ना ने ज़ोर से कहा। इतनी देर तक अपने-आपसे लड़ने के बाद वह इस नतीजे पर पहुंची थी। लेकिन मिनिया की दृष्टि में अचरज देखकर वह सकपका गई। उसे लगा, एक अस्पष्ट विक्षिप्तता की कांटेदार झाड़ी बदन से लिपटती जा रही है। उसने तेज़ी से कांटों को परे झटक दिया और आवाज़ का सन्तुलन कायम रखती हुई बोली, "क्या तुम मौत से डरते हो?"

"नहीं।" मिनिया ने सिर हिलाया, "सभी को एक दिन मरना है।"

बड़े-बूढ़ों से सुनी हुई बात उसने संज़ीदगी से दुहरा दी।

"मैं नहीं मरूंगी।" बन्ना की हंसी कमरे में गूंज गई। उसका चेहरा सख्त था और हंसी के छर्रों ने उस पर कुछ खरोंचें डाल दी थीं।

"मंगनी बुआ का जेठ भी यही कहा करता था, लेकिन उसका बुखार उतरा ही नहीं। दो महीने से खाट झेल रखी थी। आज सुबह मर गया।" मिनिया ने एकदम तटस्थ भाव से टिप्पणी की और कुरते की जेब से कुछ निकालने लगा।

बन्ना की भाव-भंगी बदल गई। अब वह उदासीन और विमुख नहीं रही।

"लाए हो?" उसने मिनिया के निकट आकर ऐसे पूछा, जैसे किसी मेमने को पुचकार रही हो। फिर प्रसन्नता से अपनी पतली-लम्बी एड़ियों को फैलाकर उन पर गोलमोल घूम गई। उसके कठियाए हुए तन में एक गोपन प्राणतत्त्व का संचार हो रहा था। जंगल के बीहड़ आल-जंजाल में भटकते, सिर मारते मानो उसने कोई संभव रास्ता ढूंढ लिया था। उसके रोम-रोम में राहत का हल्कापन था।

लाल चिथड़े की एक छोटी-सी गांठ मिनिया ने मुट्ठी में ली। उसे उलटा-पलटा और बन्ना की हथेली पर रख दिया।

"अफीम ही है?" बन्ना ने गांठ को खोलते हुए प्रश्न किया।

"हां, अम्मल बाऊ की बुगची में से लाया हूं। वह रोज़ सुबह-शाम एक-एक डली लेते हैं।"

"तुमने भी कभी लिया है?"बन्ना गांठ में से अफीम का डला निकालकर देख रही थी। छटांक से ज़्यादा है, उसने अनुमान लगाया।

"दशहरे पर तो सभी लेते हैं। परसाद की तरह बांटा जाता है।"

मिनिया आलथी-पालथी मारकर बैठ गया और पाटी पर बस्ता घिसने लगा। बन्ना ने उसकी तरफ पीठ कर अम्मल का एक टुकड़ा तोड़ा और तेज़ी से गिटक गई। एक क्षण को तो लगा, गले में खाया-पिया सब कुछ उलटकर आ रहा है। उसने होंठों को कड़ाई से भींच लिया। कंठ रुद्ध हो गया

और आंखों की पुतलियां थिरक गईं। वह चारपाई पर बैठकर स्थिर होने लगी। ईस को कसकर पकड़ लिया। थोड़े पलों बाद शान्ति हो गई, सिर्फ एक नशीला-सा स्वाद कहीं अटका रहा। उसका अटकना किसी उत्कट लालसा की तरह था, बन्ना को वह अच्छा लगा।

"मैंने कल की लिखावट पक्की कर ली है।" मिनिया ने पाटी बन्ना के घुटनों पर रख दी और होंठों को ढीला कर बोलने लगा, "प-फ-ब-भ-म्म! ठीक है?"

बन्ना स्लेट को घूरती रही। मिनिया का बोलना उसे ऐसा लगा, मानो ताल में कोई मेंढक छपक्-छपक् कर रहा हो। अचकचाकर उसने मिनिया के लिखे हुए बांके-बावले हर्फ देखे और मुसकराने लगी। फिर उसने स्लेट के दूसरी तरफ जमा-जमाकर लिख दिया—य-र-ल-व।

मिनिया खुश हो गया, "आप कित्ता सुथरा लिखती हैं।"

कुछ दिनों से, बन्ना बड़े उत्साह के साथ, मिनिया को पढ़ाने में लगी हुई थी। वक्त कट जाता था। दूसरे, उसे मिनिया से बतलावन करना भाता था। जाने कहां-कहां का ज्ञान उसके नन्हे भेजे में भरा हुआ था, जिसे वह पूरे विश्वास में भरकर बन्ना के सामने उगलता रहता था। कोई भी नई चीज़ सीखने में वह तेज़ बुद्धिवाला छोकरा साबित होता था। उससे कहानियां और पहेलियां सुनते-सुनते बन्ना भी बच्ची की तरह अबूझ हो जाती थी। मिनिया अपने बाऊ को बहुत चाहता था। उन्हीं से तमाम किस्से सीखता था।

जब बन्ना ने एक रोज़ सिरदर्द की बात कही तो मिनिया तुरन्त बोल पड़ा कि अम्मल से सब ठीक हो जाता है, चाहे शरीर में कहीं भी पीड़ा हो। बन्ना के लिए दूसरे दिन वह अम्मल का एक टुकड़ा लेकर आया। सचमुच उससे बन्ना को फायदा हुआ। एक और अनुभव भी उसे मिला, मीठा-मीठा नसों में लहरों की तरह उफनता, हवा की भांति सरसराता हुआ। इस अनुभव से बन्ना की गहन चुप्पी को अनेक विस्मृत वार्तालापों से जगमगा दिया था। वह नींद की-सी खुमारी में लेटी रहती और उसके अन्दर कई-कई स्वप्न घटित

होते रहते थे। उन सपनों में किसी की भागीदारी नहीं थी। रामौतार की भी नहीं, जिसने बन्ना को मरुस्थल के अनन्त सन्नाटे में लाकर निराश्रित-सा बना दिया था। मामा-मामी ? वे तो उसे लगभग भूल ही चुके थे। उनकी चिट्ठियां तक मर चुकी थीं।

बन्ना अब अम्मल की आत्मविभोर सृष्टि में रस-बसकर संपूर्ण हो गई थी। हर तीसरे-चौथे रोज़ मिनिया अपने बाऊ की बुगची में से उसके लिए अम्मल की गांठ ले आता था। गांठ के बिना बन्ना को चैन नहीं पड़ता था। उसका जोड़-जोड़ टूटकर बिखरने लगता और मन पर मायूसी की पर्तें भारी हो उठती थीं। ऊब का एक सर्द सिलसिला उसके खून को गर्मी में शामिल होकर पिघलने लगता था।

य-र-ल-व...य-र-ल-व-बन्ना अपनी झोंक में बोले जा रही थी और मिनिया उसका पीछा कर रहा था। यह रटन्त खत्म हुई तो बन्ना गुनगुनाने लगी—'हवा में उड़ता जाए मेरा लाल दुपट्टा मलमल का, हो-जी, हो-जी ऽऽऽ...'

मिनिया ने इस गीत को दुहराया। खासतौर से उसे 'हो-जी, हो-जी' कहना बहुत अच्छा लग रहा था। एकाएक उसकी निगाहें बन्ना की उघड़ी हुई कुरती पर टिक गई। वह सोच में पड़ गया। लेकिन, बन्ना को किसी की परवाह नहीं थी। वह घिसे हुए रिकार्ड की तरह बार-बार गाए जा रही थी—'हवा में उड़ता जाए...'

"आपके बच्चा कब होगा?"

मिनिया के इस सवाल पर बन्ना ठिठक गई गाते-गाते।

"क्या कह रहे हो तुम?"

उसकी आंखों में असमंजस था।

"आपका पेट आगे आ रहा है।"

मिनिया ने उसकी नाभि पर हथेली रख दी। कुछ क्षणों के लिए बन्ना छः-सात साल के इस लड़के की जानकारी पर संकोच में गड़ गई। उसकी समझ में नहीं आ रहा था कि क्या जवाब दे ?

"मेरी माई का जब पेट फूल जाता है तो उसमें से बच्चा निकलता है।

आपका भी फूल रहा है।" मिनिया ने हथेली को बजाया।

"इसमें से बच्चा निकलेगा।" बन्ना के चेहरे पर एक पागल चमक खेलने लगी। उसने एकदम पुलककर ताली बजाई और हंसने लगी।

"आपके दर्द होता है ?"

"नहीं।"

"मेरी माई के तो इत्ती ज़ोर से होता है कि वह रोने लगती है।"

"होगा, मेरे भी दर्द होगा और मैं ज़ोर-ज़ोर से रोऊंगी।" बन्ना ने आवेग में भरकर कहा और हथेलियों से चेहरा ढंक लिया। उसकी आंखों में आंसू तैर आए। वह मिनिया की पीठ थपकती हुई हंस पड़ी।

मिनिया को ताज़्ज़ुब हो रहा था। वह रो रही थी और हंस भी रही थी। उसने पाटी के हर्फों को गौर से देखा और गुर्राने लगा-य-र-ल-व... य-र-ल-व...

बन्ना की पलकें मूंदने लगीं। वह चारपाई पर लेट गई। कमर में गूंज की रस्सी गड़ने लगी तो करवट बदल ली। उसे लगा, रामौतार भी उसकी बगल में सो रहा है और उसमें से मुर्दा जलने की बास आ रही है। फिर उसने खुद को हवा में महसूस किया। वह नटिनी की तरह हिलती हुई रस्सी पर चल रही थी, मुसकरा रही थी।

फिर बन्ना ने देखा, उसकी आंखों में एक खौफनाक अन्धड़ घुस गया है। जितनी दूर तक उसकी दृष्टि जाती है, एक बियाबान सांय-सांय की बेतरतीब आवाज़ों से कांप रहा है। ऊंचे-ऊंचे दरख्त हैं, पहाड़ हैं, गुम्बज हैं, काले रंग के। आपस में टकराते हुए। आतंक से ग्रस्त। तूफान उन्हें उछाल रहा है, झकझोर रहा है। और निर्दयता से धराशायी कर रहा है। अचानक आसमान सुर्ख हो उठा। दिशाओं से लपटें उठने लगीं। फुंकारकर फन काढ़ती हुई, लपलपाती हुई अग्नि-जिह्वाएं। वे धीरे-धीरे बन्ना की ओर बढ़ने लगीं, पर बन्ना डरी नहीं। उसने एक लपट को पकड़ लिया और उसे नचाने लगी। लेकिन तभी कड़वे धुएं ने बन्ना को घेर

लिया। वह अवश होकर गिर पड़ी। उसका गला कोई ज़ोर से भींच रहा था। ज्यों-ज्यों जकड़न बढ़ती गई, बन्ना की देह हल्की होने लगी। उसमें एक आदिम-उल्लास उमड़ने लगा। आखिर बन्ना ने कहा, "तुम मुझे मार दो, मैं मौत से नहीं डरती।"

रामौतार, जो अंगीठी में लकड़ियां डालकर आग को तेज़ कर रहा था, एकाएक चौंक पड़ा। उसने मन्द उजास की परतें चीरकर सोई हुई बन्ना के विह्वल मुख को देखा और बड़बड़ाया, "मरना कोई साहस का काम नहीं है।"

हकबकाकर बन्ना ने आंखें खोल दीं। कमरे में ललाइयां खेल रही थीं और रामौतार ठीक सामने बैठा हथेलियां ताप रहा था। अंगीठी के ऊपर लहराती हुई लपटों को देख कर बन्ना में एक आकुलता भर गई। उसका जिस्म चारपाई की कैद में अकड़ गया था। लेटे-लेटे कमर दुखने लगी थी। फिर भी, वह उठना नहीं चाहती थी। उसके मन में एक दुःस्वप्न कुण्डली मारकर अलसा रहा था। यह समझकर कि रामौतार के नहाने के लिए पानी गरम करना होगा, वह उठी। पैर नीचे लटकाकर चप्पलों का अनुमान लगाया। उन का स्पर्श गिलगिला और पगथली को सुन्न कर देनेवाला था।

बन्ना खड़ी हुई तो घुटनों में कम्पन बढ़ गया। उसने गरारे की सलवटें ठीक कीं। कुरती के एक खुले बटन को बन्द किया। वह अपने को तैयार कर रही थी, उस गाभिन कबूतरी की तरह, जो घोंसला छोड़कर उड़ने से पहले पंखों में पर्याप्त शक्ति बटोरने का यत्न करती है। वह एक कदम चली, पर तभी उसने रामौतार की फटी-फटी आंखों का घूरना महसूस किया और रुक गई। उसे लगा, वह कोई भयानक भूल कर रही है। क्या है वह भूल, उसने जानना चाहा, परन्तु तब तक शिराओं में उमस भर चुकी थी। रामौतार की बढ़ी हुई हजामत, ठोस मुद्रा, गालों की सख्त हड्डियों और गाढ़ी भौंहों से उसे घबराहट होने लगी थी। कुछ क्षणों में ही वह घबराहट घृणा में बदल ही गई। बन्ना के जी में आया कि रामौतार के

एक तमाचा जड़ दे या अपने को ही हरी सोटियों से कसकर पीटे, पर वह कुछ न कर सकी, ठगी-सी चिपकी रही फर्श से। उसके पांवों को किसी ने पकड़ लिया था।

"तुम आ गए।" बन्ना के स्वर में भर्राहट थी। उसे अपने अनायास बोल सकने पर ताज्जुब हुआ, पर उसी क्षण एक भद्दा सवाल उसके होंठों से निकल पड़ा, "मुर्दे को जला दिया न?"

"और नहीं तो क्या, तुम सोचती हो, मैं उसे उठाकर यहां ले आया हूं?" रामौतार ने कठोरता से कहा।

"मेरा यह मतलब नहीं था," बन्ना सुस्त पड़ गई, "तुम्हारे लिए पानी गरम कर दूं?"

"मैं नहा आया हूं, कुण्ड पर।"

बन्ना रामौतार के झूठ को जानती थी। वह बच रहा था, उसे नहाने से चिढ़ थी। मैल की एक स्थायी, घिन्नी गंध उसके शरीर और कपड़ों से फूटती रहती थी। बन्ना ने प्रतिवाद नहीं किया। वह अंगीठी के पास चुपचाप बैठ गई और लाल घास की तरह उगती हुई नन्ही, सुखद लपटों को देखने लगी। क्या ऐसा नहीं हो सकता कि ये मेरे अन्दर उगें, इसी कोमलता से और मुझे अपने ताप के नशे में डुबो दें। नशा! बन्ना को अम्मल की गांठ याद आई। मिनिया याद आया। वह जाने कब उठकर चला गया था, बन्ना को पता ही नहीं चला। फिर शाम हो गई। रात का अंधेरा घिर आया और बन्ना अफीम के खुले बहाव में हल्की होकर बहती रही। रामौतार की निगाह बचाकर उसने गरारे के नेफे में उंगली डाली, वहां अफीम की गांठ सुरक्षित थी। बन्ना प्रसन्न हो उठी। उसने अपने वक्ष को प्यार से दबा दिया।

बाहर, डाकखाने वाले हिस्से में रक्खे गोगाजी पीर की 'भगती' में कुछ गा रहा था। उसकी भिची-खिची आवाज़ रात की निस्तब्धता को अजब ढंग से खुरच रही थी—सूत्यो रे गूगो म्हारो मदछक सरवरियै री पाल... लेवै रे हिलोला जलधार...

मिनिया का बाऊ रणसी गूगोजी का पक्का 'निसांणची' है। वह बारहों महीने अपनी बैलगाड़ी पर गोगाजी की ध्वजा फहराते हुए गांव-गांव घूमता है। सांप काटने पर उसका इलाज एकदम सच्चा माना जाता है क्योंकि वह सांपों के ही लोकदेव गोगाजी की 'कृपा' साधे हुए है। वैसे किसी भी रोग-दोख, दरद-बिथा में उसके दिए हुए 'झाड़े' से आराम मिलता है। नेगिया में रणसी महीने भर से डेरा डाले हुए है। रक्खे को उसने अपने रंग में रंग लिया है। नसवार की सुंघनी देकर रक्खे ने रणसी को खुश कर लिया है और उससे भजन और मंतर सीखने में लगा हुआ है। बन्ना ने सोचा, इस इलाके के कण-कण में एक ओज और जादुई चमक है। लोगों के बीच मोह और अपनापा है भी तो इस हद तक कि वे एक-दूसरे को पीस डालने में जरा भी नहीं हिचकते। मामूली आकर्षणों की वजह से उनमें सामीप्य है और शत्रुता भी। पहले बन्ना ऐसे वातावरण में विमूढ़ होकर रह जाती थी, पर अब उसने रेत के जान-सुखाऊ द्वन्द्व की अन्दरूनी जड़ों को चीह्न लिया था। वे जड़ें सूखी, टेढ़ी-मेढ़ी और कीड़ों की अंतरंग थीं। उन्हें पकड़ लेने का मतलब था कीट-जीवन की क्षण-भंगुरता के एहसास को संजीदगी से जीना। बन्ना अपनी गिरफ्त में इस एहसास को लेना चाहती थी, पर वह अकसर अनदेखे उससे छुट जाता था।

मामा साइकिलों के टायर-ट्यूब बनाने वाली एक कम्पनी में असिस्टेंट एकाउंटेंट थे। भोपाल, जहां उनका कार्यालय था, उन्हें इतना पसन्द था कि कभी बाहर घूम-फिर आने की बात उठती थी तो वह टाल जाते थे। बन्ना ने जरूर एक दफा स्कूल की तरफ से दक्षिण भारत के ऐतिहासिक स्थलों की यात्रा की थी, पर वह लड़कियों की हंसीठिठोली के बावजूद अपने में बन्द-बन्द रही थी। उसे कुछ भी विशेष प्रभावित नहीं कर पाया था। रामौतार से शादी के बाद जब वह कोसानी गई तो पहली बार उसे लगा था कि अब वह कभी भी मर सकती है। चारों तरफ बर्फ ही बर्फ, दलदल और नंगी बारिश। सिर्फ उसे इस भय ने उद्विग्न कर दिया था कि इतनी बर्फ में वह किसी दिन जम जाएगी। सोकर उठने के बाद, हर सुबह, उसे अपना जीवित

होना हैरान कर देता था। वैसा ही डर नेगिया आने पर उसकी धमनियों को झंकृत कर गया था। धूल के खंडरनुमा टीले, दिन-रात आंधी, दमघोंट एकाकीपन। लेकिन...साल दर-साल रेत उसमें इकट्ठी होती गई, उसकी खुरदरी भोथरी धार 'रोमांच' देती गई और अब तो वह उससे अलग होने की आकांक्षा भी खो बैठी थी।

बन्ना ने देखा, जिस आदमी को वह कभी भी मिट्टी के ढेले से अधिक तवज्जो नहीं दे पाई थी, वह गुमसुम जबड़े घिस रहा था। एक मिचलाती हुई नज़र रामौतार पर फेंककर उसने दुपट्टे को गर्दन पर कस लिया। कंधों पर ठंड सुरसुरा रही थी, त्वचा में पिनें चुभोती हुई।

रामौतार चिमटे से कोयले ठीक करने लगा।

बन्ना को उस पर दया आने लगी, बुनियादी तौर पर यह नेक और ईमानदार है। थोड़ा घोंघू भी। उसे अपने मन का यह परिवर्तन भला लगा। वह उन चीजों का स्मरण करने लगी, जिनसे रामौतार के व्यक्तित्व में भराव आता था।

"मुझे रास्ते में मिनिया मिला था।" रामौतार ने दांतों से होंठों के कोने पकड़ते हुए कहा। उसका स्वर क्लान्त और अस्वस्थ था।

बन्ना चुप रही। उसने दुपट्टे से सिर भी ढांप लिया और फिर दायीं हथेली खुजलाने लगी।

"वह कह रहा था, तुम अम्मल लेती हो।"

बन्ना के दिल में धुकधुकी-सी उठी और लोप हो गई।

"मुझे नींद नहीं आती, इसलिए कभी-कभी ले लेती हूं।" उसने धीमे-से कहा, "उसका स्वाद भी मुझे अच्छा लगता है।"

"स्वाद, हुंह!" रामौतार की भवें चढ़ गई, 'मैं पूछता हूं, क्यों नहीं पाती तुम्हें नींद? क्या पेट में दर्द होता है?"

बन्ना अपमान से तिलमिला उठी, उसे मालम था, एक दिन यह स्थिति आएगी और रोम-रोम को तीव्र जलन से साक्षात्कार करना पड़ेगा। एक

संकरी दृष्टि उसने नाभी-स्थल पर डाली, चुपके-चुपके। उभार अब साफ-साफ दीखने लगा था, खासतौर से बैठने पर।

"ज़बान क्यों बांध रखी है ? तुम जैसी निसंडी औरत का शर्म से क्या लेना-देना ?" रामौतार गरजा, "पेट में किसका मैल ले रखा है ?"

"तुम्हारा तो नहीं है।" बन्ना ने तीखेपन से कहा और मुंह फेर लिया।

रामौतार के चेहरे पर कालिख पुत गई। आंखें सिकुड़कर गड्ढे में धंस गई। वह आहत पौरुष को संभालता हुआ बोला, "स्त्री कितनी तुच्छ होती है, मैं जानता हूं। मुझे उसके कीचड़ में पांव गंदे करने की इच्छा नहीं है।" उसके गले में थूक का एक गोला अटक गया। वह उसे मुश्किल से निगलता हुआ बोला, "तुम कुछ भी करो, मैं तुम्हारे किसी काम में दखल देना नहीं चाहता। मुझे सिर्फ यह जानना है कि बच्चा किसका है ?"

"सन्दो का।" बन्ना की आवाज़ सपाट थी, तराशी हुई चट्टान की तरह। उसकी नाक के पास उठे हुए मुंहासों का रंग गहरा हो गया था। उसने नाखून से एक फुंसी को पींच दिया और पीब सूंतकर निकालने लगी। कील ऊपर आ गई।

रामौतार कुछ क्षण इस तरह जड़ बैठा रहा, मानो उस पर छत टूटकर गिर पड़ी हो और वह आकंठ मलबे में दब गया हो। एक-ब-एक उसके शरीर में ऐंठन हुई। वह तेजी से बाहर चला गया। थोड़ी देर बाद उतनी ही तेजी से लौटकर आया। उसके हाथ में पानी की बाल्टी थी। वह जल्दी जल्दी डोलची भरकर अंगीठी में पानी डालने लगा। सूं-सूं की आवाज़ हुई और लकड़ियां बुझ गईं। कोयलों से राख का भभका उछला। बन्ना आंखें मलती हुई दूर हो गई।

एक बाल्टी, दो बाल्टी, तीन बाल्टी...रामौतार पानी ला रहा था और अंगीठी को नहला रहा था। अचानक उसने अंगीठी को सिर पर उठा लिया और उन्माद में चक्कर काटने लगा—राम नाम सत्त है...सत्त बोलो गत्त है...

□□□□

मौसम बदल रहा था। हवा के बहाव में एकदम तबदीली आई थी। प्रगाढ़, छरेदार ठंड करीब-करीब जा चुकी थी और उसकी जगह एक लस्त-पस्त चौंध ने ले ली थी, जिसे धूप अलग-अलग आकृतियों में गढ़ती रहती थी। रेत पहले की अपेक्षा कम हिलोरें लेती थी, पर जब उड़ती थी तो आसमान और ज़मीन के बीच मसहरी-सी तान देती थी। अकसर खुलापन ही रहता था। नेगिया से उन्नीस-बीस मील दूर की खंगली पहाड़ी, जिसे लोग भूल-से गए थे, अब उत्तरी कूंट पर एक नीले पत्नों की मेड़ जैसी नज़र आने लगी थी। उस मेड़ पर कभी-कभी कोई बादल-रेख भी खिंच जाती थी।

बन्ना ने मकान से लगी हुई समतल भूमि को ठीक-ठाक कर एक खेत बना लिया था और उसमें अलग-अलग क्यारियां देकर सब्जियां उगा रखी थीं। हफ्ते में दो दिन बाबड़ी के पानी को नालियों में बहा-बहाकर सिंचाई करने का जिम्मा रक्खे पर था। मूलियों की जड़ें सख्त पड़ चुकी थीं और उनकी पत्ता-डालियों में छोटी-छोटी फलियां लटकने लगी थीं। बीच में फैली हुई बेलों के संग टमाटर खेल रहे थे। लाल, कुछ पीले और रस की गठानों के कारण उभरे—उठे। आलुओं का फाल आया हुआ था। वे मिट्टी से गुम्मा-गुम्मा निकलते थे। तोरी-टिंडों की लताएं आपस में गुंथी हुई थीं और करेलों की झूलनें उस तरफ खुलने वाले कमरे की दीवारों पर चढ़कर लहरा रही थीं। मटर पक चुके थे। उनकी हरियाली बुझ रही थी।

घुटनों भर मूलियों के गुम्फन में खड़ा हुआ रक्खे परेशानी से सिर झटक रहा था। उसकी रुक्ष और थकी-हारी आंखें कांटों के समान पैनी

होकर दौड़ रही थीं। कुछ न समझ पाने के बेचैन भाव से उसने हाथ मले, फिर चुटकी में दबी हुई डिबिया से नसवार निकालकर सूंघने लगा। सांस की एक कम्पी उड़कर आई और उसने तडातड़ छींके फेंकना शुरू कर दिया। तन हल्का हो गया। बांह से नाक मसलकर अपना मुचा-घिसा चेहरा ऊपर उठाया तो कमरे में बन्ना दिखलायी पड़ गई। वह अपनी धुन में नकियाती हुई कुछ गुनगुना रही थी और छोटे-छोटे कदम रखती हुई उसी की तरफ आ रही थी।

रक्खे ने एक बार और नसवार चढ़ाने का इरादा बदल दिया।

उसने किसी उलझन से निकलने के लिए मूली का झालरनुमा पत्ता तोड़ लिया और अपने खोखले मुंह में उसका चरचरापन सूतने लगा। पत्ते पर धूल की किरकिर भी थी, जो स्वाद में आ गई। वह थू-थू करता हुआ इधर-उधर ताकने लगा।

"कौन हरामी यहां रोज-रोज आके मर जाता है !" वह भौंहों को मिचकाते हुए बुदर-बुदर करने लगा। उसके होंठों से हवा फूंक की तरह निकलती थी और पानी के बुलबुले फटने का-सा असर छोड़ जाती थी।

"क्या हुआ, रक्खे ?" बन्ना ने पास आकर कहा।

वह खेत को अपनापे से निहार रही थी। मुंह में दुपट्टे का कोना दबा रखा था। उसके फरफराकर उड़ने से बालों में गुंथी हुई रेशमी जाली नज़र आने लगती थी। कानों पर झुकी हुई लटों में पिनें चमक रही थीं।

"जाने कौन चोट्टा यहां चुपके-चुपके आता है और टमाटरों की बेलें उखाड़कर ले जाता है।" रक्खे झल्लाकर बोला।

वह ऐड़ियां धमकाता हुआ बन्ना के नजदीक खड़ा हो गया और मूली के डांखले को हथेली पर फटकारने लगा, मानो उस पर अपनी खीझ उतार रहा हो।

बन्ना संदेह से एक-एक पौधे को घूर रही थी। कोई मटर की कतारों को रौंदता हुआ आया था। चार-पांच जगह से उसने बेलों को उखाड़ डाला

था और दूसरी तरफ लौट गया था। क्यारियों में उसके हड़बड़ी भरे पांव आड़े-टेढ़े चिह्न बना गए थे। उन चिह्नों को बालू के निरन्तर आन्दोलन ने अस्पष्ट कर दिया था।

"हैं तो किसी आदमी के।" बन्ना ने एक निशान पर झुककर कहा।

"जानवर होता तो चरता हुआ निकल जाता, बेलों को उखाड़कर नुकसान पहुंचाने की घात उसकी समझ में नहीं आ सकती थी। यह तो किसी अनाड़ी चोर का काम है।" रक्खे अपनी अंगरखी की कसनों को तोड़ता-मरोड़ता बोला।

"ऐसा कब से हो रहा है ?" बन्ना ने तहकीकात के अन्दाज़ में पूछा।

"कभी दो रोज़, कभी तीन रोज़ बीच में डालकर आता है। यह उसका चौथा चक्कर है।"

"तुम्हें आगे से कड़ी सावधानी बरतनी चाहिए। इस तरह रपट-रोल मचती रही तो सब मटियामेट हो जाएगा।" कहती हुई बन्ना झुकी और एक जगह से टिंडे तोड़-तोड़कर अपनी झोली में डालने लगी।

"आज टिंडों का साग बनेगा।"

रक्खे खुशामदी लहजे में बन्ना के साथ दुहरा हो गया और टिंडे तोड़ने में उसकी मदद करने लगा। तभी उसकी निगाह अपनी बनाई हुई जूतियों पर पड़ी। वे बन्ना के हल्के-फुल्के पांवों में खूब सज रही थीं और धूप में उनकी जरी फूलझड़ियां छोड़ती हुई चमचमा रही थी।

"काटती तो नहीं हैं पैरों में ?" उसने तनिक संकोच से पूछा।

"नहीं। पंजों में कुछ तंग हैं, बस।" बन्ना बोली।

"रात को तेल चुपड़कर रख दें, नरम पड़ जाएंगी। सिलाई के बाद चमड़ा थोड़ा-बहुत तो सिकुड़ता ही है।"

टिंडों की पोटली बनाकर बन्ना ने कुरती को दोनों हाथों से पकड़ लिया और ऊपर सिर किया। बीघे भर के फासले पर एक व्यक्ति की पीठ नजर आई। फोग-आकड़ों के झुरमुट में। वह रक्खे का कंधा छूकर फुसफुसाते हुए स्वर में बोली, "वह देखो, उधर !"

रक्खे चिल्लाया, 'कौन खड़ा है रे?"

"तेरा जंवाई !" जवाब मिला, करारा।

"ठहर, अभी तेरी माटी ठिकाने लगाता हूं, सूअर की औलाद !" रक्खे भभककर जल्दी-जल्दी उस तरफ चला।

"खाली हाथ मत जाओ, यह लकड़ी ले लो।" बन्ना पीछे से बोली।

"हां-हां, लकड़ी उस बूढ़े के चूतड़ पीटने के काम आएगी।" कहने वाला खी-खी हंसता हुआ मुड़ा। वह गालों में टमाटर भरे हुए था और दांतों से चिबड़-चिबड़ कर रहा था। एक पूरी बेल गर्दन में लपेट रखी थी, दूसरी कमर में।

"भीमा !" बन्ना के मुंह से निकला, "तुम हो क्या ?"

"हां, मैं हूं, तुम्हारा यार !" भीमा टमाटर का छिलका थूककर ढिठाई से बोला।

"माथा फिर गया है तुम्हारा !" बन्ना ने झिड़की दी। फिर मुसकराकर उसकी बेहूदा हरकतों को देखने लगी। वह बेल को गोफिये की तरह घुमा रहा था और इस झपेटे में जो टमाटर गिर जाता था, उसे उठा कर खाने लगता था।

"इस जंवाई प्यारे की शक्ल तो मैं टीक करके ही छोड़ूंगा।"

रक्खे लकड़ी लेकर दौड़ा। उसकी कमज़ोर टांगें समूची शक्ति बटोरकर छटपटा रही थीं।

"ना रक्खे, ना, मारना मत। इस पागल की बातों पर क्या गुस्सा ?" बन्ना ने चिल्लाकर टोका।

रक्खे हांफता हुआ रुक गया। लकड़ी पर शरीर का बोझ डालकर दम लेता हुआ बोला, "कित्ते दिनों से खेत उजाड़ रहा है यह। ऊपर से हेकड़ी देखो। इसको आज सबक मिलना ही चाहिए।'

भीमा के चेहरे पर एक पैशाचिक उन्माद उतर आया। उसने बैसाखी की लाठी को बगल से हटाकर भाले की तरह तान लिया और एक टांग के बल दो डग भरता हुआ बोला, "आ तो सही, देखें तू मुझे कैसे सबक सिखलाता है ? लगता है तेरे दिन पूरे हो गए हैं। सुन ए पोस्ट-मास्टरनी, ये

बुड्ढा मर-मरा जाए तो फिर मुझसे कुछ मत कहना।"

"ज़्यादा ज़बान मत चलाओ, भीमा!" बन्ना दिखावटी रिस में आंखें तरेरती हुई बोली, "ये अच्छी रही, उल्टा चोर कोतवाल को डांटे!"

"चोर-धाड़ेती होगातेरा वह लद्दू जोड़ीदार, समझी!" भीमा ने बैसाखी को इधर-उधर चलाया और फुदकता हुआ बोला, "यहां सब जगह फौज का राज होने वाला है। हरेक पर मेरा हुक्म चलेगा। तब तुम लोगों की अकड़ ठीक कर दी जाएगी। एक-एक को 'कोरट' के सामने हाजिर होना पड़ेगा।"

"सबसे पहले तुझे गड्ढा खोदकर जमीन में गाड़ दिया जाएगा।" रक्खे ने उसी की तरह मुंह बनाते हुए कहा।

"बड़-बड़ मत कर बे, तेरे को कानून-कायदा कुछ मालूम नहीं है। फौज में किसी को माफ नहीं किया जाता।" भीमा सहसा सबके प्रति उदासीन हो गया और एक टमाटर में दांत गड़ाकर रस चूसने लगा।

रक्खे ने पास जाकर लकडी से उसे कोंच दिया। भीमा पर कोई प्रतिक्रिया नहीं हुई। थोड़ी देर बाद उसने कटी हुई टांग के डंठल को झटका दिया और गुरगुराया। उसकी भौंहें चढ़ गई। फिर उसी उन्मत्त बेचैनी में कसी-कसी गिर गईं। वह इस तरह बगलें झांकने लगा, मानो किसी जुर्म में स्वयं को दोषी न स्वीकार करना चाहता हो, हठपूर्वक। धूप का तीखापन और टमाटर का लिसलिसा गर्म स्वाद भीमा को एक अनिश्चित अवस्था में ले जा रहा था। वह आतंकित हो उठा, जैसे कई-कई खतरों से घिर गया हो और समर्थ होने के बावजूद, किसी खास वजह से, कुछ कर न पा रहा हो। उसके इरादे, जिनमें घमंड और वितृष्णा का अनन्त दरिया लहरा रहा था, सूख गए। चूर-चूर होकर हवा में उड़ गए। उसने रक्खे से दयनीय स्वर में पूछा, "क्या मैंने कोई गलती कर दी है ?"

"तुम एक नम्बर चुगद हो।" रक्खे भुनभुनाया, "अगर तुम्हें कभी किसी चीज़ की जरूरत हो तो आकर मुझसे मांग लो। मैं नट जाऊं तो कहना। लेकिन खेती-पाती में घुसकर घमरोल मचाने का क्या मतलब है ?

मैं बावड़ी से एक-एक बाल्टी पानी निकालकर कितनी मुश्किल से सिंचाई कर पाता हूं, तब इन सब्जियों में कुछ जान आती है। मुझे यह बिल्कुल सहन नहीं होगा कि मुझसे बिना पूछे कोई एक पान भी कहीं से तोड़े।"

भीमा ने घोर आश्चर्य से रक्खे को एकटक देखते हुए कहा, "मैंने... मैंने तो कुछ नहीं किया। भूख लगी थी, इसलिए टमाटर तोड़ लिए। तुम सोचते हो कि मुझसे कोई कुसुर हो गया है ?"

"टमाटरों की क्या पड़ी है, एक नहीं दस लो। लेकिन तुमने भागदौड़ में दूसरे पौधों को कुचल दिया है।"

रक्खे ने महसूस किया, उसके कहे हुए का भीमा पर कुछ असर नहीं हो रहा है। वह भोलेपन से ताकता हुआ अपने ढंग से सफाई पेश करना चाहता है और शांत है।

"अब तुम्हें कोई कैसे समझाए ?" रक्खे ने मामला खत्म करते हुए चेतावनी दी, "आइन्दा अन्दर भत घुसना।"

"खेत में नहीं घुसूं ?" भीमा के होंठ फड़के।

"हां, कभी नहीं।"

कहकर रक्खे वापस मुड़ गया। भीमा के पगलायेपन पर उसे तरस आता था, लेकिन कभी-कभी वह उसकी बातों से हैरान हो उठता था। जाने कैसा-कैसा अक्खड़-पच्छड़, ज्ञान-गरब भीमा बगारता था और दुनिया के तमाम लंगड़ उसमें लपेट लेता था।

रक्खे की आंख में धूल की किरकिरी गिरी तो उसने माथे पर हथेली साध ली और पलटकर देखा। भीमा के प्रति, अभी जो थोड़ी-बहुत करुणा उपजी थी, कपूर की तरह उड़ गई। उसके करतब पर वह फिर बौखला उठा।

"ये तमाशे बन्द करता है कि नहीं? मेरे दीदे फोड़कर रख दिए तुमने।" रक्खे आवाज़ चढ़ाकर बोला।

"आंधी आ रही है।" भीमा ने गम्भीरता से जवाब दिया और धोबे भर-भरकर रेत हवा में उड़ाता रहा। वह इस तरह झुक रहा था, उठ रहा

था, उचक-बिचक रहा था कि खुरी करते हुए सांड की भांति नज़र आता था। उसका शरीर बगूलों से घिर गया था। अचानक वह गिर पड़ा। औंधे मुंह। शायद अपने आप ही डिगा खाकर। पर उसने हार नहीं मानी। बैसाखी की लकड़ी को बगल से निकालकर सिर पर तान लिया और चारों ओर की खंख-हवा को काटने लगा।

"आव रे भीमा, चने का दलिया खा ले।" बन्ना पुकार रही थी। वह घर में जाकर एक कटोरा भर लाई थी।

भीमा पल-भर कुछ सोचता रहा। फिर गर्द से अंटी हुई नाक साफ करने लगा। हाथ उसने कूल्हों पर रगड़कर पोंछ लिए। बैसाखी पर वजन देकर खड़ा हुआ और रक्खे के पीछे-पीछे अकड़कर चलने लगा। उसकी गर्दन पर दो लम्बे, सूखे दाग थे, जिन्हें खुरच-खुरचकर उसने घिनौनी-सी ललायी पैदा कर दी थी। दाद के वे चकत्ते दिन-रात चुन-चुनाते रहते थे और भीमा की अंगुलियां खुजली करने के लिए उतावली हो उठती थीं।

"लड़ाई कब शुरू होगी, भीमा?" बन्ना ने उसे दलिए का कटोरा थमाने के बाद अधहंसी में पूछा।

"जब इसकी दूसरी टंगड़ी भी टूट जाएगी और यह डाकखाने के आगे बैठ के भीख मांगेगा।" रक्खे कमरे की दीवार के सहारे खड़ी हुई खाट को छांह में पटकते हुए बोला।

भीमा चुपचाप दलिया सुबड़ता रहा। दाने उसके होंठों और गालों पर चिपक गए थे। नाक, छाछ में डुबकी लगा लेने की वजह से, नोंक पर सफेद हो गई थी। नथुनों के अन्दर से भूरे बाल झांक रहे थे। दलिया खाते-पीते हुए भीमा अपनी बिगड़ी हुई शक्ल को पूरी तरह भदेस बना चुका था।

रक्खे खाट की दांवन कसता रहा। मूंज की रस्सियां ढीली पड़ चुकी थीं। कुछेक के टूटे हुए सिरे नीचे झूल रहे थे। रक्खे ने गांठ-गंठौवल कर बान को सीधा कर दिया और इन्तजार करने लगा कि बन्ना उस पर बठ जाए। वह सिरहाने की तरफ बैठ गई तो रक्खे को संतोष पाया। बन्ना टिंडों

को थाली में डालकर मसलने लगी। उनके नन्हे रोंये फुसफुसरे होकर झड़ गए। नेफे की पट्टी से बन्ना ने चाकू निकाला और टिंडों से छोटे-छोटे टुकड़े काटने लगी।

रक्खे असमंजस में खाट के पाये घूर रहा था और भीमा मुंह पर हथेली घिसकर कटोरे को ज़मीन पर डाल चुका था। खेत की क्यारियों में कहीं गोह दौड़ रही थी। उसकी धब्-धब् आवाज़ के सिवा वहां कुछ नहीं था।

"कित्ते बड़े-बड़े टीले हैं ससुरे, कित्ते भद्दे ! इनके साथ कोई कब तक निभाव कर सकता है। कभी खड़े हो जाते हैं। कभी गायब हो जाते हैं। औरतें मरे हुए बच्चों को इन टीलों में गाड़ जाती हैं और ये राकस उन्हें हड़प जाते हैं।" भीमा ने अपनी पलकों को मिचमिचाया। उसका स्वर एक दयनीयता में गिर गया और फिर जैसे पतली धार वाला सोता सूख जाता है, सूख गया।

रक्खे ने भीमा को ध्यानपूर्वक देखा। उसका माथा खिंच गया। अपनी अंगरखी की डोरियों को खोलकर उसने फिर कसा और बोला, "तुम्हें किस बात का पछतावा है, भीमा ? तुम तो खूब घूम चुके हो मिलेटरी में। मुझे देखो ना, जब से जनम लिया, यहीं हूं—इन ठूंठ बंगड़ों में...और अब तो उमर किनारे लग गई है।"

"क्यों बकवाद करते हो, तुम्हारी हड्डियों में दम बहुत है। देखना, अभी तीस साल तक हिलोगे भी नहीं।" भीमा ने लापरवाही से कहा।

"तीस साल हों या तीन साल। क्या फर्क पड़ेगा। इसी ठौड़ जीना, इसी ठांव मरना। यहां का हाल तो बदलेगा नहीं।" रक्खे ने सारी स्थिति को अपना अर्थ देकर व्यंजित कर दिया।

"सब कुछ बदल जाता है।" भीमा का स्वर अचेत और ढीला था, "खास चीज़ है, आदमी की ताकत, जिसके रहते अच्छे-अच्छों की हेकड़ी बराबर की जा सकती है।"

उसने बन्ना की तरफ देखते हुए कहा, "एक बार हम आगे बढ़ गए। दुश्मन चौकी खाली करके भाग छूटे थे। रास्ते में एक गांव पड़ता था। हमने उसे लूट लिया। औरतों के साथ भी थोड़ी-बहुत बदफेली की। मजा

आया।" वह ज़रा-सा रुका, मानो दिमाग पर जोर डालकर कोई दुर्लभ विचार निकालना चाहता हो, "कभी-कभी मेरे मन में आता है कि नेगिया को भी लूट लिया जाए। कितना मनहूस गांव है यह ! एक-एक घर में आग लगा देनी चाहिए और वह...डाक्टर है न, जिनावर सा'ब—उसको तो जिन्दा जला देना चाहिए।"

भीमा हांफने लगा। बोलते-बोलते उसकी सांसें उखड़ने लगी थीं। बन्ना इस लंगड़े को, भयंकर कल्पनाओं में जीने वाले अधपगले को चकित दृष्टि से घूर रही थी। रक्खे सिर्फ हंस रहा था। डाक्टर का जिक्र आने पर वह नाराज हो गया। उसने डपटकर कहा, "बकबकी के सिवा तुम्हें कुछ करना भी क्या है ? अपनी खोपड़ी को संभालकर रखो बच्चू, नहीं तो किसी दिन हुलिया बिगड़वा लोगे। बिना सोचे-समझे परनिन्दा करते रहते हो।"

"उस डाक्टर को तुम समझते क्या हो, रक्खे ?" भीमा आंखें तरेरने लगा, "स्साला पूरा पशु है। औरतों का उसके लिए बिल्कुल टोटा हो गया है, तभी तो भैस के साथ लग्गी करता है। मैंने अपनी आंखों से देखा है।"

रक्खे स्तब्ध रह गया। भीमा इतना मुंहफट और निर्लज्ज हो सकता है, उसने सोचा भी नहीं था।

बन्ना सिर झुकाए टिंडे कुतर रही थी। भीमा की बातों ने उसे संकोच में डाल दिया था। वह डाक्टर के बारे में सोच रही थी और परेशान थी। क्या डाक्टर ने सचमुच भैस के साथ...उसके माथे पर पसीना उतर आया।

"अब उठो यहां से, कोढ़ी को बोलने तक का शऊर नहीं है।" रक्खे भीमा को झिड़क रहा था "भागो, पिंड छोड़ो !"

भीमा ने बसाखी थामी और बुदर-बुदर करता हुआ जाने लगा। थोड़ी दूर जाकर चिल्लाया, "डाक्टर तेरा क्या लगता है रक्खे, जो तू उसकी बुराई से इत्ता चिढ़ता है ! सच कहता हूं, वो पट्ठा एकदम जिनावर है। तरी की भैंस पर चढ़ता है और तेरे को चिनगारी लगती है तो तू बकरी पर चढ़ जा। सठिया गया है, फिर भी मजे मारेगा।"

रक्खे का चेहरा गुस्से से तमतमा गया। वह भीमा की ओर लपककर बढ़ा कि बन्ना ने टोक दिया, "उस बावले की बातों पर क्यों जाते हो, बकने दो।"

रक्खे ठिठक गया और सिर पर हाथ रगड़ने लगा, तभी उसे रणसी की धारीदार कमीज़ और रंगबिरंगी टोपी दिखलाई दी। मिनिया भी उसके पीछे-पीछे आ रहा था। रक्खे ने आवाज दी, "हे—मिनिया। उस भीमा के बचुए को लगाना एक थप्पड़, यह आल-फैल बोल के जा रहा है।"

मिनिया को मौका मिला। उसने तुरन्त उछलकर भीमा के टंगड़ी लगा दी। वह मुंह के बल गिर पड़ा। मिनिया ने देर नहीं की, एक डुकिया लप्पड़ कनपटी पर जमा दिया और फलांग कर भाग छूटा। भीमा गालियां बकने लगा—मिनिया को, रक्खे को और पता नहीं किस-किसको।

मिनिया ने हंसते हुए हांक दी, "ओय लंगड़े, बन्दूक चला, बन्दूक ! तेरी मिलेटर किस काम आएगी?"

भीमा ने तुरन्त बैसाखी की लकड़ी को बन्दूक की तरह तान लिया, "ले भैनच्चो, गोली दागता हूं।" उसने चीखते हुए कहा और टांगें चौड़ी कर जोर से पाद दिया।

सब ठठाकर हंस पड़े। भीमा रोब से सीना ताने हए टीलों के पार उतर गया। उसने किला फतह कर लिया था मानो। उसकी चाल में विजेता का दर्प था।

बन्ना देर तक खिलखिलाती रही। एकाएक उसने होंठ भींच लिए और पेट पर हाथ रख लिया। चेहरे की नसों में तनाव उभर आया।

रक्खे का मुंह फक् पड़ गया। उसकी समझ में नहीं आया कि अचानक यह क्या हो गया। मिनिया अपने बाऊ के कान में कुछ फुसफुसाया तो रणसी ने गहरी दृष्टि से बन्ना को देखा, फिर उसने सहानुभूति दरसाते हुए कहा, "खाट पर सीधी लेट जाओ बाई, यह कच्चे गरभ का दर्द है। फिकर की कोई बात नहीं। मैं अभी झाड़ा लगा देता हूं।"

उसने टोपी की नोंक पर से मुरकी उतारी और उसे अंगुली में पहन कर

बन्ना के सिरहाने बैठ गया। बन्ना लेटी हुई थी। दुपट्टे से मुंह ढांपे, उसकी सांस तेज़ी से आ-जा रही थी। वक्ष जल्दी-जल्दी उठ-गिर रहा था।

रणसी ने आंखें मींचकर दिशाओं को बांधा, जमीन को सूंघा, आकाश को दूर हटने के लिए कहा। बन्ना के सिर का एक केश तोड़ा और उसकी नाभि पर रख दिया। अब वह बार-बार मुरकी को हवा में घुमाकर बुदबुदाने लगा।

रक्खे पशोपेश में था, लेकिन बन्ना के पेट के उभार को देखते हुए उसकी आंखों में खुशी तिर आई। वह कुछ न कर पाने की हालत में हथेलियां रगड़ने लगा। उसी हर्षातिरेक के आवेश में उसने मिनिया की ओर देखा। वह बाऊ की गुनी-ज्ञानी हरकतों पर ध्यान रखे हुए था। एकदम रक्खे के नज़दीक खिसककर बोला, "लड़का होगा।"

"तुम्हें क्या पता?" रक्खे इस छोकरे की अक्ल और सूझ पर चकित था।

"देखते नहीं, बाऊ ने मुरकी पेट पर रख दी है और वह धीमे-धीमे फुदक रही है।" मिनिया फुसकियाकर बोला।

बन्ना की नाभि पर मुरकी रख दी गई थी और वह हल्के-हल्के ऊपर उछल भी रही थी, रक्खे ने साफ-साफ देखा। वह मिनिया का गाल थपथपाने लगा। बन्ना को भी शायद कुछ आराम मिल रहा था। उसके शरीर का तनाव कम हो गया था।

बड़ी देर तक रणसी का 'झाड़ा' चलता रहा। आखिर उसने मुरकी उठा ली और उसे टोपी की नोंक में खोंसकर चारपाई की परिक्रमा देने लगा। तीसरे फेरे के बाद उसने रक्खे से कहा, "रोज़ सबेरे एक झाड़ा लगेगा, कोई तकलीफ नहीं होगी।"

बन्ना को शायद झपकी आ गई थी। उसे चैन मिला होगा। रणसी ने देखा, वह सिर ढंके, आंखें मुंदे, निश्चल पड़ी थी। सीने का पल्ला ज़रा हट गया था, होंठ सूखे फूलों की तरह तिड़के हुए थे, हंसली की हड्डी के पास किसी पुराने घाव का निशान था। उघरी हुई छातियों में धीमे-धीमे हरकत हो रही थी।

रणसी ने मुसकराकर मिनिया की पीठ पर एक धौल जड़ दिया और पूछा, "तेरी माई कहां है ?"

मिनिया ने आसपास नज़र घुमाई।

एक खेजड़े के तने के पीछे छिपकर जंतरी खड़ी थी, वह वहां कब आई किसी को पता नहीं चला। यों रणसी जानता था कि जंतरी उसके साथ छाया की तरह चलती है। उसे इस औरत का बड़ा गुमान था। इतना सुरीला गाती थी कि सुनने वाले गोगाजी के प्रति श्रद्धा से भीग-भीग जाते थे। मिनिया ने मोरचंग बजाना सीख लिया था। वह अपनी माई के गले जितना ही मीठा मोरचंग बजाता है।

टिऊं-टिऊं-टिंग-टिऊं-टिऊं-टिऊं...

मिनिया रणसी का इशारा समझ गया। उसने बांस की खपच्ची के अपने फिड़कले-से मोरचंग को होंठों से लगा लिया। जंतरी रणसी की ओर पीठ करके ज़मीन पर बैठ गई और तिनके से धूल में लकीरें खींचने लगीं।

रणसी ने ज़ोर से कहा, "गोगाजी दरेरा कैसे पहुंचे ? तब की बात..."

जंतरी ने हल्के से खंखारकर सुर साधा और गाने लगी—

मुधरो मुधरो हाल रे मोबीड़ा करलाकुण तो उडीकै
थांनै देस मांय...

कुण तो उडीकै रे भायला कुण थारै गैलां में पलकां
बिछाय...

रणसी ने अगली पंक्ति संभाली और घुटने पर ताल देने लगा।

विभोर होकर रक्खे तीनों को देख रहा था। उसके होंठ भी उनके पीछे-पीछे हिल रहे थे, शब्दों को अनिश्चितता से पकड़ते हुए। मिनिया के कंठ में बचपना था, पर वह दो परिपक्व सुरों के बीच में भला लगता था।

आभै मां ऊमटै रे काली कलायण रस्तां मां कांटा री
बाड़...

मिनिया मगन था।

लय किसी तेज किरन की तरह कौंधती हुई ऊंची उठती थी और लमहे भर के बाद रेत पर गिरकर झिलमिलाने लगती थी।

रक्खे ने तन्मयता से आंखें बन्द कर ली।

बन्ना ने पलकें खोली। उसने इस झूमते हुए दृश्य को देखा और अधबैठी हो गई। पेट में अब सिर्फ भारीपन था।

जंतरी ने बन्ना को आधी मुसकान के साथ 'मुजरा' किया और गाती रही। सांवली, सुंती हुई देह। बांहों पर गुदनों की छापाकारी में देवी-देवताओं के चित्र। नाक में चांदी की नथ। दो दांतों में सोने की कीलें जडी हई.। होंठ पतले, हल्के नीले और हड्डी के बीच में तीन-चार छोटे-छोटे तिल।

बन्ना घाघरे-ओढ़ने के गहरे लिबास में बंधी हुई-सी उस औरत को उत्सुकता से देखती रही। मिनिया ने अपनी माई के बारे में उसे कभी कुछ नहीं बतलाया था, इसलिए बन्ना के लिए सचमुच उसका रूप विस्मयकारी था।

गोगा-गीत खत्म हआ तो रक्खे ने रणसी को प्रशंसात्मक भाव से देखा और गर्दन हिलाई, "आज तुम अपना बाजा लेकर नहीं आए।"

रणसी हंसा, "वो डेढ़ पसली की सारंगी ! मैं तो जिनावरस्साब के पास आया था। एक बैल के खुर में जख्म पड़ गया है सो उसके दवा लगवाने। वो मिले नहीं तो इधर का रुख कर लिया। बैल को वहीं बांध आया हूं। अब जाके फिर संभालूंगा।"

"तुम्हारी औरत बहुत अच्छा गाती है।" बन्ना ने कहा।

रणसी को बुरा लगा। औरत का क्या मतलब, नाम से बोलो। वह बोला, "यह जंतरी है—तीन छोकरे और एक छोकरी जन चुकी है, पर यही एक जिन्दा बचा है।" उसने मिनिया की ओर संकेत किया।

"मिनिया का पढ़ाई में खूब मन लगता है।" बन्ना के मुंह से तारीफ सुनकर मिनिया ने सिर झुका लिया।

"मैं तो इससे कहता हूं, क्या पड़ा है पढ़ाई-भढ़ाई में। कुछ गुन-भजन सीख लोगे तो धंधे में लग जाओगे ! गोगाजी पीर का ऐसा आसीरबाद है कि भूखे तो मरोगे नहीं। मैंने तो उनका अरदास में ही इत्ते

बरस काट दिये।" रणसी ने उठते हुए कूल्हे झाड़े, "चलूं अब तो। कल भाड़ा देने आ जाऊंगा। खड़ी हो, ए जंतरी! होय मिनिया !"

उसी समय घोड़ी की हिनहिनाहट सुनाई दी। बन्ना चौंक गई। रक्खे बोला, "स्साब आ गए हैं।"

रामौतार आगे के टीले की ओट से प्रकट हुआ। चेहरे पर धूल जमा थी। और थकान। घोड़ी के पांव भी ढीले-ढीले पड़ रहे थे।

"कहां गए थे?" बन्ना ने रक्खे से पूछा। उसकी आवाज़ इतनी धीमी थी कि रक्खे कठिनाई से सुन पाया।

"जंगल में। गिलहरियों को दाना चुगाने। एक थैली में जौ भरकर ले गए थे।" उसने फुसफुसाकर उत्तर दिया।

"क्या हाल है रणसी के?" रामौतार ने दूर से ही पहचानकर पूछा।

"आपकी दया है बापजी!" रणसी ने नम्रता दरसाते हुए हाथ जोड़ दिये। जंतरी ने घूंघट काढ़ लिया।

"घोड़ी पर चढ़ोगे ?" रामौतार ने मिनिया के पास आकर लगाम खींच ली। मिनिया ने 'हां' में सिर हिलाया तो उसका हाथ पकड़ा और ऊपर लपक लिया। अपने आगे बिठलाकर घोड़ी को वापस मोड़ दिया।

"अभी जरा इसे घुमाकर लाता हूं रे रणसी, तुम्हारे डेरे पर छोड़ दूंगा।"

रणसी ने दांत निकाल दिए और जंतरी का हाथ पकड़कर चल दिया। बन्ना कब की चुपचाप मकान में चली गई थी।

रक्खे ने चारपाई उठाकर दीवार से लगा दी। कुछ क्षण अपने कोरमकोर मुंह को दाएं-बाएं चलाता रहा। फिर उसने नसवार की डिबिया निकाली। चुटकी भर सुंघनी नाक में चढ़ाकर वह भौंहें हिलाता रहा। तड़ाक् से एक छींक आई तो उसने आस्तीन से मुंह पोंछ लिया। दूसरी बार नसवार खींचकर चेहरा ऊपर उठाया, सामने से रामौतार और मिनिया घोड़ी पर लदे हुए आ रहे थे। मिनिया बिना बंधी गठरी की तरह उछल रहा था, गिरने को

होता था, पर रामौतार ने उसके पांव पर अपने हाथ जमा रखे थे और रास दांतों में दबा रखी थी।

घोड़ी को रोककर रामौतार ने मिनिया को गेंद की तरह उठाया और नीचे फेंक दिया। वह पोली रेत में लोटपोट हो गया। फिर हंसता हुआ कपड़े झाड़ने लगा।

"मज़ा आया!" रामौतार ने पूछा।

"हाओ!" उसने खुशी में चहकते हुए सिर हिलाया।

"इसे साग-सब्जी दे देना।" कहकर रामौतार ने घोड़ी को आगे बाड़े की तरफ घुमा दिया।

"हमारे डेरे पर नहीं चलेंगे?" मिनिया ने एक तरफ थू-थू किया। उसके मुंह में धूल चली गई थी।

"रात को आऊंगा।"

रामौतार के जाते ही रक्खे ने फिर एक बार सुंघनी ली और छींकते हुए मुस्कराकर मिनिया की ओर देखा। वह ऊभ-चूभ स्थिति में घास-पात को देख रहा था। करेले की बेल मुरझाई पड़ी थी और उसके पत्तों पर सफेद चकत्ते निकल आए थे। नीम में सरसराहट हो रही थी।

बहती हुई नाक को सुरड़-सुरड़ खींचकर रक्खे ने मिनिया का ध्यान बंटाया, "पोथी बाचना सीख गए तुम?"

"अभी नहीं। आंक जोड़ने में दिक्कत होती है।" मिनिया ने लापरवाही से कहा।

रक्खे पके हुए टमाटर तोड़ने लगा।

"मटर की फलियां तुम्हें पसंद हो तो चूंट लो।"

"मैं मूलियां उखाड़ूंगा।"

दरख्तों में सांझ का पीलापन चमकने लगा। हवा, जो अब तक साधारण थी, कुछ ठंडक वाली हो गई थी। रेंगने वाला एक कीड़ा रक्खे के जूते के नीचे आधा दब गया और पूंछ फटकारने लगा। उसने जल्दी से पैर पीछे किया। कीड़ा अपनी पतली टांगों को बेतहाशा पटक रहा था। रक्खे

ने उसे बालू में दबा दिया।

मिनिया मूलियों के गुच्छ को झाड़ू की तरह हिलाता हुआ दौड़ गया। रक्खे ने आवाज़ दी, "ये टमाटर भी ले जाओ। तुम्हारे लिए तोड़े हैं।"

उसने रक्खे की बात को अनसुना कर दिया और आंख ओझल हो गया। कुछ पलों बाद मोरचंग की धुन सुनाई दी।

रक्खे सोचने लगा, छोरा बड़ा शैतान है। जब देखो मुंह में मोरचंग। यह ससुरी बांस की खपच्ची भी खूब है। कित्ते सुर निकलते हैं इसमें से। सूखी चीज़ में से सूखे स्वर...रेत की प्यासी चुड़ैल कैसा भी गीलापन हो, सोख लेती है और पलटकर बूझती तक नहीं।

टीले पर खड़े-खड़े उसने नेगिया के कच्चे-मुचे घरों को नज़र फैलाकर देखा। उधर...कुएं की जगत से बीस-तीस हाथ बाएं, एक छपरे में रक्खे ने अपना बालपन बिताया था। अब वहां रेवड़ बैठता था और मींगनियों के ढेर लगे थे। नौ साल तक लगातार अकाल पड़ा। रक्खे का बाप बूंद-बूंद पानी के लिए तरसता मर गया। पानी कहीं नहीं था। न कुएं में, न रक्खे और उसकी मां की आंखों में। एक रात को, जब वह करीब-करीब बेहोश था, मां भी छोड़कर अपने रास्ते चली गई। तब वह आठ साल का था।... मूर्छा टूटने पर उसने स्वयं को अकेला पाया। किस्मत का खेल, दूसरे ही दिन अनाज और पानी बांटने वालों का एक दल, जिसे पुण्य बटोरने वाले सेठियों ने शहर से भेजा था, नेगिया में आ गया। रक्खे की जान बच गई।

डाकखाने का कमरा और उससे जुड़ा हुआ तीन कमरों का निढाल मकान एक बन्द तहखाने की तरह लग रहा था। इस तहखाने को रक्खे ने अपनी उम्र के अच्छे-बुरे वर्ष दे दिए थे। अब तो डोर का आखिरी हिस्सा उसने पकड़ रखा था।

ऊंट की बलबलाहट हुई। मद्दू ! रक्खे ने अचकचाकर देखा। डाकखाने वाली गली में उस समय एक ही आदमी आ रहा था और वह जस्सू था।

□□□□□□□

कई दिन यूं ही बीत गए थे। रक्खे और जस्सू के बीच खामोशी की एक ऊंची और पक्की दीवार खड़ी हो गई थी। उसके आर-पार देखना-जानना मुश्किल था। रक्खे अफ़सोस में था, ग्लानि में था कि ऐसा कैसे हो गया ? जस्सू के साथ उसकी बोलचाल इतनी घनिष्ठ थी कि दोनों किसी से कुछ छिपाते नहीं थे। ताने-तिश्ने चलते रहते थे, पर उनमें शहद की-सी मिठास होती थी। रक्खे की नाराज़गी जस्सू के लिए ज़रूरी थी और जस्सू की तमतमाहट रक्खे पर प्यार बरसाने के लिए काफ़ी थी। यह रिश्ता एकाएक चरमरा गया था। उसकी नींव तक हिलकर अव्यवस्थित हो उठी थी।

इस बार जब जस्सू लौटा बाड़मेर से, तो उसकी आंखों में न केवल एक स्पष्ट दूरी बल्कि कोई नुकीली उदासीनता भी थी—रक्खे के लिए, जो उसे बराबर चुभ रही थी। दो-चार दफा रक्खे ने पुरानी चुटकियों का सहारा लिया, तीर की तरह कोंचा, खरोंच लगाई पर जस्सू के उतरे हुए चेहरे के सामने वह पस्त हो गया।

वह क्या चीज़ है जो उसे खाए जा रही है, रक्खे सोचता था और उसका खिन्न मन जस्सू को घर-घूरकर देखता था। वह एकदम कमज़ोर पड़ गया था। गालों की हड्डियां उभर आई थीं। माथे की सुर्खी और आब-ताब जा चुकी थी। आंखों की चमक में स्याही घुल गई थी। नज़र उठाकर इस तरह देखता था मानो उसे रतौंधी हो गई हो। रक्खे उस बेगानी दृष्टि से अस्त-व्यस्त हो उठता था।

इधर जस्सू डाकखाने में भी कम ही रहता था। चिट्ठियों की छंटनी उसने बुझे-बुझे ढंग से की और उतने ही बेमन से उन्हें निकट की ढाणियों में

बांट आया। बाकी का बंडल रखा था। रामौतार के याद दिलाने पर वह सिर्फ़ हां-हूं करके रह गया था। काम में इस तरह की ढीलमढाल जस्सू के स्वभाव में नहीं थी, पर वह तो बिलकुल ही बदल गया था। बात-बेबात चिड़चिड़ा उठता था। उसे आये एक पखवारा निकल चुका था, पर वह बाड़मेर जाकर डाक ले आने की चर्चा से ही कतरा जाता था। पहले बन्ना कहा करती थी कि असली पोस्टमास्टर तो जस्सू है। वही तमाम जिम्मेदारियां ओंढ़े हुए भी था। रामौतार की सनकों और निश्चिन्ताओं से तो सभी वाकिफ़ थे। लेकिन अब जैसे जस्सू ने तय कर लिया था कि वह अपनी मर्ज़ी के मुताबिक चलेगा और किसी नियम को नहीं मानेगा। उसका ज़्यादा वक्त डाक्टर के पास कटता था। डाक्टर कुछ रोज़ से पेचिश की तकलीफ में था और अपनी कोठरी में ही पड़ा रहता था।

रक्खे जल्दी में कोई निर्णय नहीं लेता था, लेकिन उस दिन भीमा की बातें सुनकर उसके मन में डाक्टर के प्रति एक संदेह घर कर गया था। उसे लगा था कि कहीं कुछ गड़बड़ अवश्य है, भीमा एकदम झूठा नहीं है। उसे डाक्टर के व्यवहार की अतिरिक्त सजगता और निराशा का ध्यान हो आया था। क्या कोई इतने छिछले और घृणित स्तर तक उतर सकता है ? उसने सोचा और यह खयाल कर कि ऐसा करने से कुछ लोगों की गर्मी शांत होती है, अपने को तसल्ली देकर रह गया। पर जस्सू का दिन-रात डाक्टर की सोहबत में रहना उसे खलता था। एक पितृभाव, जिसमें मैत्री का अंश अधिक था, उसने सदा जस्सू के लिए महसूस किया था और इसलिए उस पर अपना कुछ हक समझता था। दो-एक बार टोकने की इच्छा हुई, पर ज्यों ही रक्खे ने जस्सू के धुआं-धुआं चेहरे को देखा, उसकी हिम्मत जवाब दे गई।

जस्सू आज भी डाकखाने में था। मद्दू की चराई-निराई के बाद जब रक्खे लौटा तो सबसे पहले उसकी निगाह बेंच पर रखे कटोरदान की ओर गई। वह वहीं पर था, बन्द। उसे छुआ तक नहीं गया था। रक्खे व्यग्र हो उठा। उसने जस्सू से कहा था कि अगर उसको कहीं जाना हो तो कलेवा

ज़रूर कर ले, पर उसके कहे का कोई असर जस्सू पर नहीं हुआ था। वह बाहर चला गया था और कटोरदान ज्यों का त्यों रखा था। एक फ़ालतू-सी उम्मीद बांधकर रक्खे ने कटोरदान का ढक्कन खोला, रोटियां और कांदे की गांठे दबी-मुसी पड़ी थीं, उसी तरह जैसे रक्खे ने उन्हें अन्दर भर दिया था।

रक्खे एक कोने में दुबक गया। उसे अपने अन्दर बुखार-सा महसूस हो रहा था। माथे की नसें तनतना रही थीं। हाथों की झुर्रियों में जलन होने लगी थी। वह आंखें बन्द करता तो चारों ओर कालिख पुत जाती और सांसों में एक सूखी-सी धुन बजने लगती थी। पलकें उघाड़ता तो डाकखाने की गंदी दीवार हिलती हुई नज़र आती, उस पर अनेक आकृतियां उभरने लगतीं और वही सूखी, उचाट धुन फेफड़ों को खंगालती रहती थी। रक्खे अवश हो गया। उसे लगा, वह जस्सू की बेकसी बर्दाश्त नहीं कर पाएगा। लेकिन उससे जस्सू की उदास, कोरी आंखें भी सहन नहीं होंगी। वह किस बात के लिए अपने को यों पीड़ा दे रहा है?

सहसा रक्खे को लगा, जाने क्यों लगा, कि रेत के इन ढूहों में रहने वाले सभी लोगों का जीवन बांस की फटी खपच्चियों की तरह है। उन्होंने अपने आपको निरीह मोरचंगों की शक्ल में बांध लिया है और सूखी धुनें निकाल रहे हैं। वे धुनें आपस में टकराती हैं, घुलती हैं, बिखरती हैं, पर ऊपर से कुछ महसूस नहीं होता। लगता है, सब ठीक है। लेकिन अन्दर ही अन्दर धुनें जल रही हैं। मोरचंग धुआं दे रहे हैं। क्या जस्सू, क्या डाक्टर, क्या पोस्टमास्टर, क्या बन्ना और क्या वह खुद—सब मोरचंग हैं, एक-दूसरे को बजा रहे हैं। जो जितना हलाल होता है, वह उतना ही तेज़ बजता है। छुटके मिनिया से लेकर बुढ़ऊ रक्खे तक यही विवशता का सम्बन्ध है, और कोई धर्म या गठबन्धन नहीं।

"रक्खे !"

बन्ना की आवाज़ सुनकर वह हड़बड़ा गया। पलकें झपकार आंखों को स्थिर किया। बन्ना ठीक सामने बेंच पर प्राकर बैठ गई थी। शिथिल गात। पीला चेहरा। आंखों के गिर्द कुछ सूजन। होंठों पर पपड़ियां जमी

हुई थीं।

"आपको अब यहां नहीं आना चाहिए।" रक्खे ने अपनी बेचैनी और हकलाहट में फंसकर कहा।

"मैं एक ज़रूरी काम से आई हूं।" बन्ना का स्वर इतना अनियमित था कि रक्खे घबरा गया। उसका दिल और अधिक कमज़ोरी महसूस करने लगा। धुकधुकी उसे साफ सुनाई दे रही थी।

"क्या बात है ?" उसने कठिनाई से उबरकर पूछा।

बन्ना चुप रही। वह अपने नाखूनों को चिटखाती हुई कुछ सोच रही थी। रक्खे ने देखा, हाथ दुबले पड़ गए थे और चमड़ी में से नीली नसों का उभार छिटक आया था।

जब काफी देर तक मौन लटका रहा तो रक्खे ने बातचीत शुरू करने की गर्ज़ से पूछा, "रणसी झाड़ा देने आया था?"

"हां, वह तो रोज़ आता है। वह मेरे लिए जड़ी-बूटियों की कोई दवा भी तैयार कर रहा है।" बन्ना ने कहा। उसकी आंखें फिर किसी गहरे सोच में डूब गईं।

पड़ोस में किसी के घर बाजरा कूटने की आवाज़ें आ रही थीं—धऽम-धऽम-धऽमक्! कुछ बकरियां मिलकर मिमियाने लगी थीं और उनकी मैं-मैं को चीरती हई जो तीखी एकरस ध्वनि उभर रही थी, वह लड़की पर आरी चलने की थी। रक्खे के कानों में उस स्वर की किरैकिर्राहट कांच-सा पीसने लगी। उसने अपनी थकी-थकी निगाहें बन्ना के चेहरे पर गड़ा दीं। वह चेहरा विचारों की उथल-पुथल की वजह से इतना 'प्रगाढ़' था कि एक में अनेक औरतों की मुद्राएं बटोरकर कस गया था।

"रक्खे, तुम्हारे साहब का तबादला हो गया है।" बन्ना ने शब्द ढूंढते हुए चुप्पी की विमूढ़ता को भंग किया।

"क्या-ऽऽ ?" रक्खे का मुंह खुला का खुला रह गया।

"हां, उन्होंने स्वयं कोशिश करके अपनी बदली गजसिंहपुर करवाई है। वह नहरी इलाका है।" बन्ना की आवाज़ 'कहीं' उलझी हुई-सी थी।

"लेकिन यह कैसे हो गया ? उन्होंने कभी जिक्र नहीं किया।"

"जस्सू बाड़मेर गया था तो उसे लिखकर दिया था। वह जवाब भी ले आया है। ज़्यादा से ज़्यादा महीना भर यहां लग सकता है।"

रक्खे परेशान हो उठा। अपनी असुविधा को ठेलते हुए उसने बुझे स्वर में कहा, "बड़े दफ्तर वालों को तो दिक्कत थी कि यहां कोई भी आने के लिए तैयार नहीं होता, फिर अब..."

' "हो सकता है, उन्होंने इन्तज़ाम कर लिया हो। साहब अब यहां नहीं रहेंगे, पर मैं..." एक लौ बन्ना की आंखों में कांपकर थिर हो गई, "मैं उनके साथ नहीं जाऊंगी।"

रक्खे अस्थिर हो उठा, "क्या म-त-ल-ब ?" फिर उसने अपना मतलब देते हुए कहा, "पहली जचगी है। आपको किसी शहर के अस्पताल में..."

"मुझे कहीं नहीं जाना।" बन्बा बात बीच में काटकर बोली, "मैं हमेशा के लिए यहां रहने का फैसला कर चुकी हूं।"

वह एक पल के लिए रुकी, फिर रक्खे की बेसब्री को खत्म करने के इरादे से बोली, "तुम्हारे साहब भी अब मुझे अपने साथ ले जाना नहीं चाहेंगे।"

"क्यों ?" रक्खे और उलझ गया और अधीरता से आंखों की पुतलियां घुमाने लगा।

बन्ना होंठ चबाने लगी। पपड़ियों को जीभ फिराकर तर किया। आंखें सिकुड़ गईं उसकी और माथे पर एक शिकन अनायास गहरी हो उठी।

"तुम तो शायद विश्वास नहीं करोगे...पर, जो सच है, वह मैं तुम्हें बतला देना चाहती हूं। मैं फैसला कर चुकी हूं कि सन्दो जहां चाहेगा, मुझे वहीं रहना है। मेरे भीतर उसी का अंश पल रहा है। मैं नहीं चाहती कि उसके बच्चे को किसी दूसरे के हाथों में दूं।" कहते-कहते बन्ना की सांस फूल गई। चेहरा तमतमा उठा।

पहले तो रक्खे संज्ञाशून्य-सा बन्ना को ताकता रहा। उसकी समझ

में कुछ आया, कुछ नहीं आया। परन्तु जब वह संभला और स्वस्थ हुआ तो उसके दिमाग पर पड़ी हुई धुंध छंटने लगी। बन्ना और सन्दो! सन्दो का बच्चा ! यानी रक्खे की तीसरी पीढ़ी जन्म लेने वाली है ! उसके रोम-रोम में सनसनाहट दौड़ गई। बूढ़ा इतनी तीव्र उत्तेजना को सह नहीं पाया और घुटनों में सिर दबाकर बैठ गया...जिस व्यक्ति ने न कभी ब्याह किया, न गृहस्थी जमायी, न घर का कोई दन्द-फन्द किया—ज़िन्दगी भर अकेला और अपने में सिमटा-सिमटा रहा, लेकिन...फिर भी उसका वंश खत्म नहीं हुआ। वह एक अनजाने बहाव में शामिल है और पूरी गति से बढ़ रहा है !

रक्खे की आंखें भीग गईं। भीतर एक गोला-सा उमड़कर गले तक आया और फट गया। अगर उस दिन ठाकर-सा का डर मन में नहीं होता और वह सन्दो की माई का हठ स्वीकार लेता तो आज दूसरी ही स्थिति होती। उसे अपनी कायरता पर क्षोभ हुआ, उसी तिलमिलाहट में आंसू गालों पर गिर पड़े।

"तुम रो रहे हो, रक्खे ?" बन्ना शरीर समेटकर उठने की चेष्टा कर रही थी। उसके पेट का वज़न अब पांवों पर आ गया था और वहां से गरारा फूलकर फैल गया था।

रक्खे खामोश, गहरी-गहरी सांसें लेता रहा। उसके दिल में चाह हुई कि उठकर बन्ना के सिर पर हाथ रख दे, उसे अपनी कमज़ोर छाती से लगा ले, पर वही कायरता फिर आड़े आ गई और वह जड़ बना बैठा रहा।

"मैं तुम्हारी मदद चाहती हूं..." बन्ना कहने लगी, "शायद तुम्हें मेरी बातों से चोट पहुंची हो, पर मैने सोचा कि सच्चाई के लिए सफाई की ज़रूरत नहीं है। तुमसे मैं कुछ छिपाना नहीं चाहती थी।"

रक्खे कुछ कहना चाह रहा था कि गली में पांवों की ठप्प-ठप हुई। रामौतार अन्दर आया। बन्ना को वहां देखकर वह ज़रा सकपका गया, फिर तेज़ आवाज़ में बोला, "कोई स्साला काम करना नहीं चाहता। नेहरूजी कहते हैं, आराम हराम है, समझकर चलो। पर लोग इतने आलसी और

निकम्मे हो चुके हैं कि जब तक हंटर मारकर उन्हें नहीं चेताया जाए, वे हिलेंगे नहीं।"

उसने रक्खे को सीधी निगाहों से देखा, "जस्सू कहां है ?"

"पता नहीं।" रक्खे ने सिर झुका लिया।

"तो फिर तुम्हें क्या पता रहता है ?" रामौतार चिल्लाया, "वह एक नंबर हरामी है। पड़ा होगा उसी डाक्टर भानमल के पास, दारू पीकर। मैं पूछता हूं, उसे बाड़मेर जाना है कि नहीं? यह नौकरी का मामला है, कोई घर की खेती नहीं है कि मर्ज़ी हुई चल दिए, मर्ज़ी नहीं हुई, नहीं गए।"

बन्ना उठकर अन्दर चली गई।

रामौतार कुछ देर अनाप-शनाप चीखता रहा। महापुरुषों के उदाहरण दे-देकर उसने अपने हर तर्क को पुष्ट किया और आवेग में आ गया।

रक्खे सिर झुकाए सब कुछ झेल रहा था, पर सुन कुछ नहीं रहा था।

शाम को जस्सू आया और देर तक कमरे में खटपट करता रहा। उसने रक्खे के प्रति उपेक्षा का भाव बनाए रखा। एकदम चौकस होकर वह कुछ पल वहां रखी चीजों को घूरता रहा, फिर झाड़ू लेकर सफाई में जुट गया। आलों दीवालों में धूल जमी थी। डाक के थैलों पर मकड़ियों ने जाले तान दिए थे। कागजों को किसारियां कुतर रही थीं और नाल की तरफ चींटियों ने नया बिल तैयार कर लिया था। गर्द उड़ने से जस्सू की सांस घुट रही थी, पर वह व्यस्त-सा लगा रहा। उसने मुंह और नाक के सामने साफे का 'ढाठा' बांध लिया ताकि सांसों का आना-जाना जारी रह सके, रेत के कण नथुनों में कम घुसे।

रक्खे अपनी जगह रणसी के जूतों की मरम्मत कर रहा था। उसने जस्सू की यह व्यस्तता देखी तो मोम लगे डोरे को होंठों की सन्ध तक तानते हुए बोला, "इस वक्त तुम्हें यह क्या सूझी है, जस्सू?"

जस्सू चुपचाप झाड़ू फटकारता रहा।

"थोबड़े की यों सिलाई क्यों कर रखी है तुमने ? आखिर मुझसे किस बात पर नाराज़ हो ? कोई वजह हो तो मैं भी जानूं। इस तरह चुप्पा-चुप्पी में तो यहां काम चलेगा नहीं। साथ रहेंगे तो बोलचाल, लड़ाई-झगड़ा, प्यार-दोस्ती सभी कुछ होगा।"

"अब यह साथ गिने-चुने दिनों का है।" जस्सू ने खिंचे स्वर में कहा और बेंच खिसकाकर कचरा निकालने लगा।

"तुम्हारी भी बदली हो गई है ?" रक्खे ने आंखें झपकाईं। उसकी ज़बान सूखती जा रही थी।

"सरकार इस डाकखाने को तोड़ रही है।" जस्सू ने होंठ भींचकर मुंह फेर लिया। झाड़ू में से दो-तीन तिनके निकलकर गिर पड़े थे। वह उन्हें वापस खोंसने लगा।

"तो यहां का महकमा और कहीं जाएगा।" रक्खे सुई को जूतों की ऐड़ी में घोंपते हुए सोचने लगा।

"हां, साहब शायद गजसिंहपुर चले जाएंगे। मेरा अभी उन्होंने तय नहीं किया है।" जस्सू का चेहरा व्यंग्य से विकृत हो उठा, "तुम तो यहीं रहोगे न, रक्खे ! बेटे को छोड़कर कहां-कहां भटकते फिरोगे।"

"मेरा बेटा...क्या मतलब ? तुम्हारी यह बकबकी..."

"सन्दो तुम्हारा ही तो बेटा है। तुमने मुझे बतलाया था।" जस्सू ने झाड़ू को ज़मीन पर ज़ोर से पटका और उसकी मूठ को जलती आंखों से देखने लगा।

रक्खे ने जूता पट्टे पर रख दिया। आश्चर्य से जस्सू को ताकते हुए बोला, "सन्दो तो तुम्हारा मितर है, खास। तुम उसके बारे में इतनी कड़वाहट से क्यों बोल रहे हो ? क्या तुम दोनों में किसी बात पर खींचतान हो गई है ?"

"ऐसे आदमी से मेरी क्या यारी, जिसे यही पता नहीं कि उसका बाप कौन है ?"

जस्सू कटुता से हंसा। एक खोखली, किन्तु तपती हुई हंसी। उसने झाड़ू को एक तरफ फेंका और धोबे में कचरा भर र। कज़ेरवा से बाहर चला गया।

रक्खे असहाय-सा उसकी पीठ पर अपनी धुंधली नज़रें गड़ाए रहा।

अचानक लगा कि नज़रों को पानी की धारियों ने ढंक लिया है। उसने माथा पकड़ लिया।

पंख फैलाकर उड़ान भरते किसी पक्षी की तरह रामौतार टीलों के बीच से गुज़र रहा था। उसके बाल पीछे की तरफ झूल रहे थे और गर्दन ज़रा आगे झुककर तन गई था। ठुड्डी मिनिया के सिर को छू रही थी। खींप की छड़ी उसके हाथ में थी, पर वह उसे घोड़ी को तेज़ दौड़ाने के लिए सटकारता भर था, मारता नहीं था। घोड़ी दुलका चाल से रेत की नामालूम पगडंडियां लांघ रही थी।

मिनिया का साथ पाकर रामौतार वाकई बहुत खुश हो गया था। इस छोकरे की अजीब-अजीब बातों में उसे बड़ा रस आता था और ढाणियों के बीच का सुनसान फासला पलक मारते कट जाता था। जस्सू की टालमटोल के कारण वह खुद ही डाक बांटकर लौट रहा था। मिनिया को घोड़ी पर चढ़ने का ताज़ा शौक लगा था, इसलिए वह रामौतार के संग हो गया।

दोनों मज़े में थे। मिनिया को डराने के लिए कभी-कभी रामौतार घोड़ी की रफ्तार तेज़ कर देता था। वह काठी पर उछलने लगता, चीखता, हत्थी को पकड़ने की कोशिश करता और रामौतार एक विचित्र आनन्द की अनुभूति से भर उठता था। थोड़ी देर की चीख-चिल्लाहट के बाद वह मिनिया को अपनी एक बांहको लपेट में ले लेता था। उसकी आंखों से हंसी छलकने लगती, होंठ जोश में कुछ बुदबुदाते और हाथों में जाने कैसे फड़कते हुए इशारे मुखर हो उठते थे।

नेगिया के घर-छप्परों की झलक के साथ ही टीबे पर रणसी का डेरा भी दिखलाई दिया। सिरकियों के पाल उतरती धूप में चिलक रहे थे। उनका रंग भी भूरा था और वह रेत में घुल-मिल गया था। लेकिन गोगाजी की ध्वजा जो एक लम्बे बांस पर धीमे-धीमे फहरा रही थी, दूर से ही नज़र की पकड़ में आ जाती थी।

रामौतार ने घोड़ी का रुख डेरे की तरफ कर दिया। पास आने पर

उसने भौंहों को सिकोड़कर यह जानने की कोशिश की कि रणसी डेरे में है या नहीं। दोनों मर्द-लुगाई मौजूद थे और सिरकी की छांह में हरे चने भून रहे थे। कोयलों की धधक में फुटर-फुटर की मिलीजुली आवाजें हो रही थीं।

"हे-हो बाऊ!" मिनिया चिल्लाया और लगाम को पकड़कर किसी सधे हुए घुड़सवार की तरह तन गया।

रामौतार ने पीछे से उसका कान मसला तो वह कुनमुनाया।

"आ गए, पाठासिंह ?" रणसी ने मुसकराकर कहा। पाठासिंह इस इलाके का एक तगड़ा घुड़सवार था, जो बिना घूंट भर पानी पिए दो सौ कोस लांघ जाता था। मवाड़ी के ठाकर ने उसे लड्डुओं में ज़हर खिलाकर मार दिया था।

डेरे के सामने घोड़ी रुक गई। रामौतार कूद पड़ा, उसके तुरन्त बाद मिनिया। घोड़ी ने अपनी टेढ़ी टांगों को फैलाया और लीद करने लगी।

"इस टिंगर का चित्त ठिकाने पर नहीं है। पहले कक्के-खक्के का शौक लगा। पोथी पढ़ना आ गया तो अब घुड़सवारी पर मन चला गया।" रणसी ने चने के पौधे अंगारों में उलटते-पलटते हुए कहा।

रामौतार हंसा। मिनिया ने खींप की छड़ी उसके हाथ से ले ली और हवा में फटकारता हुआ जंतरी के घुटनों से लगकर बैठ गया।

रणसी ने सरककर रामौतार के लिए जगह बनाई और भुने हुए चनों का एक गुच्छा उसके आगे कर दिया।

"ये कहां से लाए ?" रामौतार ने कुछ दाने छीलकर मुंह में रखते हुए पूछा।

"अपने जजमान बहुत हैं, बाबू-सा !" रणसी लकड़ी से कोयले ठीक जमाने लगा, "एकाध हफ्ते में मैं यहां से रवाना होकर सीधा गोग-मेड़ी की तरफ निकल जाऊंगा। उधर तो खूब हरियाली है। चनों की फसल भी ज़ोरदार हुई है।"

"मेरा भी तबादला उसी तरफ हो गया है। तुम चलो, मैं भी पीछे-पीछे

आ रहा हूं।" रामौतार दांतों से किट्किट् की आवाज़ करता हुआ बोला। फिर उसने ऐसा चेहरा बना लिया, मानो अपने कथन के प्रति गहरे अविश्वास से भर उठा हो और निस्तार का कोई उपाय न खोज पा रहा हो।

"ये तो बहुत मज़े का रहेगा, बाबू-सा ! उधर भी आपसे मुलाकात हो जाएगी।"

तभी जंतरी ने ज़ोर से छींका। रणसी ने उसकी तरफ गुस्से से देखा, "हरामजादी, क्या हो गया है तुम्हें। जब-तब बातचीत के बीच में छींक देती है। कित्ता भारी अपशकुन है।"

जंतरी ने फिर दो छींकें एक साथ लीं। उसकी नाक में जाने क्या घुस गया था। गुदगुदी मच रही थी।

"यह तुम क्या कर रही हो बदजात !" रणसी की आवाज़ मरोड़ खाकर तेज़ हो गई। फिर उसने रामौतार की तरफ ग्लानि से देखा, "माफ करना बाबू-सा, बड़ी गई गुज़री औरत है ये !"

जंतरी ने अब तड़ातड़ कई छींकें बजा दीं। मिनिया सकुचाकर परे हट गया।

रणसी क्रोध से झगबगाता हुआ उठा। उसने आव देखा न ताव, चार-छः लातें कसकर जमा दीं जंतरी की कमर में। वह इस कड़क मार से कराह उठी। उसके चेहरे का पल्लू अलग हो गया। वह ज़मीन पर लम्बी होकर गालियां बकने लगी। रणसी ने मिनिया के हाथ से खींप की बेंत छीन ली और सटाक्-सटाक् उसके मुंह पर मारना शुरू किया। जंतरी हथेलियां आड़े कर बचने की चेष्टा करने लगी, पर तभी बेंत टूट गई और रणसी हांफता हुआ बैठ गया। जंतरी रोने लगी, इस तरह जैसे कोई तान ले रही हो।

रामौतार घबरा गया। वह उठा और घोड़ी की तरफ बढ़ता हुआ बोला, "मैं चलता हूं।"

उसने कनखियों से देखा, जंतरी के गाल उधड़ आए थे और उन पर लाल खरोंचें छप गई थीं।

रणसी अब ठीक था। उसका उफान उतर गया।था रामौतार को जाते

देखकर उसने मुंह बिचकाया, जंतरी को तेज़ निगाहों से घूरकर देखा, फिर ज़ोर से बोला, "वो बन्ना बाई-सा पर मेरे झाड़े का असर हुआ कि नहीं? कुछ तो लाभ है?"

रामौतार ने योंही सिर मचकाया, जिसका कोई अर्थ नहीं था। हां भी नहीं, ना भी नहीं। इन दिनों वह इतना आत्मकेन्द्रित हो चला था कि बन्ना से अपने तमाम सम्बन्ध भूलता जा रहा था। उसने स्वयं को आसपास के भुरभुरे माहौल में गहरा गाड़ दिया था, उखड़े हुए पेड़ के काले ठूंठ की भांति।

कई बार अपने से तर्क करना कितना कठिन, कितना तकलीफदेह होता है, अंधरे में धंसी हुई बन्ना एक कचोट के साथ महसूस कर रही थी। चारों तरफ सांय-सांय और झींगुरों का किचरने वाला शोर था। रात अपने अंगों पर स्याही पोत रही थी। पता नहीं, कितना वक्त गुज़र गया बन्ना को वहीं—घर के पिछवाड़े में रेत पर बैठे-बैठे। उठने की इच्छा नहीं थी। ढलते चैत की सुरसुरीदार हवा उसके कानों में बज रही थी और वह अन्यमनस्क-सी दुपट्टे को सिर तक खींचने की कोशिश करने लगती थी। अचानक उसकी अंगुली गर्दन के उस भाग से छू गई, जो फोड़े की तरह सूजा हुआ था। दर्द की हिलोर उठी और एक कराह को होंठों में रोकते हुए बन्ना ने हाथ झटक दिया। चोटी के पास एक जलन-भरी चुन-चुनी चलती रही।

अंधकार में आंखें फाड़-फाड़कर बन्ना कुछ देर पहले के दृश्य से उलझ रही थी, खामखाह। जितना उलझती थी, मन उतना ही ज़्यादा टीसता था। अपने पर कभी गुस्सा, तो कभी तरस आने लगता था। अम्मल की मात्रा उसने बढ़ा दी थी, फिर भी महसूस होता था कि वह अन्दर की पीड़ा को, बेचैनी को जज्ब नहीं कर पा रही है। थोड़ी-सी खुमारी आती थी और बन्ना किसी एक कोने तक जाकर रुकने के लिए विवश हो जाती थी। आगे दीवार थी या चट्टान। उसे नहीं तोड़ा जा सकता था। कई बार खुद को लहूलुहान

कर लेने की व्यर्थ-सी आकांक्षा चेतती थी, पर वह कोई हल नहीं था। अन्ततः उसे अपने खाली, मनहूस कोटर में लौटना था।

उस समय बन्ना अम्मल की तन्द्रा में थी और चूल्हे के पास एक पतीली में 'धूधरी' उबाल रही थी। इधर-उधर की खट्टी-मीठी चीज़ें खाने की चाह उसके मन में तिड़कती रहती थी। उसने सोचा था, धूधरी को इमली के पानी में पकाकर खाएगी। तभी रामौतार उसे ढूंढता हुआ वहां आया था। बन्ना ने देखा, उसके हाथ में खींप की बेंत थी। एक क्षण के लिए उसने बन्ना के शिथिल शरीर को निगाहों में तोला, फिर सड़ासड़ बेंतें जमाना चालू कर दिया।

एकाएक बन्ना कुछ समझ नहीं पाई। उसने खड़े होने के लिए जोर लगाया, पर पेट का भार आगे आ गया और उस वक्त तक तीन-चार बेंतें पीठ पर पड़ गईं। चाहती तो वह चिल्ला सकती थी, पर रामौतार के सामने अपने को कमजोर पाना उसे स्वीकार नहीं था। वह तमक कर पलट गई थी।

"तुम आदमी हो कि जानवर!" वह इतना ही कह सकी थी और बेंत को पकड़ने का यत्न करने लगी थी।

"औरत को सही रास्ते पर लाने का यही एक तरीका है।" रामौतार हिंस्र पशु की तरह चीखा और मुड़कर तेज़ी से बाहर चला गया था।

बन्ना की आंखों से भभक छूट रही थी, पर वह इतनी विवश थी कि कुछ भी नहीं कर सकती थी। अपनी असमर्थता पर दुखी होने के सिवा मार से अधिक अपमान उसे चोट पहुंचा रहा था। धूधरी की पतीली चूल्हे में औंधी हो चुकी थी। बन्ना अपने दर्द करते हुए अंगों को समेटकर उठी और घिसटती-सी पिछवाड़े चली आई। एक बार उसने सोचा कि रक्खे को आवाज़ दे, लेकिन फिर चुप कर गई। उसे इस कठिन क्षण में सन्दो की याद आई। मन कड़वाहट से भर गया। महीनों से सन्दो ने उसकी कोई खोज-खबर नहीं ली थी।

सुबह भीमा आकर सुना गया था कि सन्दो ने जाटों के तीन कुनबों

का सफाया कर दिया है और पुलिस उसका पीछा कर रही है। सुनकर बन्ना कांप उठी थी। भीमा बराऊ के नज़दीक की एक ढ़ाणी तक गया था और वहीं लोगों से उसे यह ख़बर मिली थी।

बन्ना को इसी बात का पश्चाताप था कि वह सन्दो को कभी समझ नहीं पाई। जो मर्द उसके सामने इतना मीठा, इतना प्यारा बनकर आता था, वह पलो-पल में मारकाट मचा सकता है, बन्ना सोच तक नहीं पाई थी। उन दिनों सन्दो डाक्टर के साथ रहता था। उसके ऊंट का थड़ टूट गया था और वह उसे इलाज के लिए लेकर आया था। डाक्टर से सन्दो की खूब गहरी दोस्ती थी, पर बैठकबाजी डाकखाने वाले कमरे में ही चलती थी। ताश के पत्तों पर हार-जीत का फैसला होता या चौपड़ के खेल में एक-दूसरे को नीचा दिखलाने का जाल रचा जाता था। एक दफा तो तनाव इतना बढ़ गया कि रामौतार ने सन्दो के मुंह पर मुक्का जड़ दिया था। सन्दो ने पल भर के लिए बन्ना को, जो वहां सिर्फ दर्शक की हैसियत से उपस्थित थी, देखा और उसकी आंखों का सुर्ख रंग फीका पड़ गया था। तब से रामौतार और सन्दो के बीच दुश्मनी खड़ी हो गई थी। डाक्टर को कई बार बीच-बचाव करना पड़ता था। सन्दो की लाल-लाल डोरों वाली आंखों से बन्ना को भी डर लगने लगा था।

उस दिन बन्ना चौक की सिल पर मैले कपड़े धो रही थी और उन्हें हवा में पछाड़कर अलगनी पर सूखने के लिए डाल देती थी। उसने केवल पेटीकोट पहन रखा था। ब्लाउज पानी से भीग गया था। वह बाल्टी को उठाकर हौद की तरफ मुड़ रही थी कि उसने देखा, नाल की सीढ़ियों पर सन्दो बैठा है। वह कब आया, बन्ना को कुछ मालूम नहीं पड़ा था। उसका दिल धक् से रह गया। वह शर्म के मारे एकदम ठिठक गई। बाल्टी उसके घुटनों से टकरा रही थी। पेटीकोट पिंडलियों तक खुला था और ब्लाउज बदन से चिपक गया था।

सन्दो हंसा ! वह हंसी बन्ना के आरपार निकल गई।

"बन्ना !"

बन्ना सिहर गई। रामौतार को छोड़कर उसे यहां कोई भी यों सोधे-सीधे नहीं पुकारता था, नाम लेकर। उसने सन्दो की ओर नज़र उठाई।

"इस तरह क्या देख रही हो? पसन्द नहीं आया?" सन्दो की आवाज़ हमेशा की तरह लट्ठमार थी।

बन्ना घबराकर कमरे में चली गई। बाल्टी फर्श पर पटक दी। लम्बी-लम्बी सांसें खींचकर मन को हल्का किया। फिर झपटकर सन्दूक पर से दुपट्टा उठा लिया। उसके दिल का धड़कन बढ़ गई थी। पांव थरथरी दे रहे थे।

"मैं एक बात पूछने आया था।"

सन्दो चौखट से टिककर खड़ा हो गया।

बन्ना ने पलटकर देखा, धीमे-से बोली, "पूछो।"

"तुम मेरे साथ सोना चाहोगी?

बन्ना का सिर चक्कर खा गया। कोई आदमी इतना दुस्साहसी हो सकता है, यह उसकी कल्पना से परे था। लेकिन सन्दो उसके सामने बेहिचक खड़ा था और पूछ रहा था कि...बन्ना का चेहरा लाल हो उठा।

बीच के कई लमहे चुप्पी में घुल गए।

"मैं अच्छा आदमी नहीं हूं, फिर भी मेरे मन में तुम्हारे लिए एक चाहना पैदा हुई है। पहले कभी किसी औरत के वास्ते मैंने ऐसा महसूस नहीं किया।"

फिर वहीं ख़ामोशी।

मैंने सोचा, हो सकता है तुम्हारे दिल में मेरे लिए प्यार हो।" सन्दो का स्वर अचानक पिघल गया, जैसे आग के निकट मोम पिघलता है।

"अगर तुम कोई जवाब नहीं दोगी तो मैं समझूंगा कि तुम्हारी रजामन्दी नहीं है। वैसी हालत में मुझे लौट जाना अच्छा लगेगा। जबरदस्ती करके औरत के शरीर को पाना मेरे लिए चुटकी भरका तमाशा है, लेकिन मैं तुम्हारी इज़्ज़त करता हूँ, तुम्हें बड़प्पन देता हूं।"

बन्ना की जीभ तालू से चिपक गई। नसों में एक भन्नाका-सा हुआ और उसने मन्द स्वर में अटकते-भटकते कहा, "मैं कुछ नहीं जानती।"

"तुम सब जानती हो," कहकर सन्दो ने उसके कूल्हे पर हाथ रख दिया। बन्ना बुरी तरह कांप उठी। उसे लगा, वह कोई निर्णय नहीं ले पा रही है और एक अनजानी सुरंग में चलती हुई बेहोशी की गिरफ्त में पहुंच गई है। उसे सन्दो का स्पर्श कुछ सख्त लग रहा था, पर यह सख्ती उसे अन्दर तक हिलाकर एक अनचीन्हा सुख दे रही थी। उसके हाथ सन्दो की पीठ पर कस गए।

कुछ पलों बाद वह खाट पर थी और सन्दो उसके रोएरेशे बिखेर रहा था। उसकी आंखें मुंद गईं। शरीर हल्का-हल्का हो गया। सन्दो की भारी-भारी सांसें उसे मसल रही थीं। होंठों को होंठों में पीसा जा रहा था और बांहों पर बढ़ता हुआ दबाव उस गहरी एकरसता को टूक-टूक कर रहा था, जो उसके भीतर पत्थर की भांति कठोर पड़ गई थी। बन्ना को लगा, पहली बार उसे पुरुष ने छुआ है, उसके कौमार्य की जड़ता को अपने अनन्त बल से भंग किया है। वह शांत हो गई और सन्दो की भुजाओं में अधर उठ गई।

पिछवाड़े की यही जगह थी, जहां वे दोनों, बाद में मिल-बैठकर शहद-भीगी बातें करते थे और चौतरफ की शुष्क निर्जीवता के बावजूद अपने-अपने समुद्र खोज कर निरन्तर डूबकियां लगाते थे। लहरें उठती थीं, लहरों के होंठों पर झाग उमड़ते थे। सन्दो और बन्ना उन झागों के उज़लेपन को अपनी मुट्ठियों में भर लेते थे।

किसी को खबर तक नहीं हुई और सन्दो ने बन्ना को अपना सब कुछ दे दिया। डाक्टर, रामौतार, जस्सू, रक्खे—कोई कुछ नहीं जान पाया। बन्ना उस फूलों-भरी पगडंडी पर चलती गई। एक दिन जब उसने पीछे मुड़कर देखा तो सन्दो साथ नहीं था। वह जा चुका था। फिर सुरजा को उठाने और उसे अपने घर में बिठा लेने का समाचार आया और बन्ना होंठ चबाकर रह गई, इस पछतावे के साथ कि सन्दो उसकी समझ में नहीं आया था। तब अम्मल के नशे ने उसे सहारा दिया था।

बन्ना की पलकों में नींद उमड़ने लगी। उसने चाहा कि उठे और

अन्दर जाकर बिस्तर पर सो जाए, पर अपनी दुर्बलता के उन क्षणों में उसे रामौतार से डर लगने लगा। बेंतों की मार ने बन्ना के अस्वस्थ शरीर को जगह-जगह से छील दिया था। उघड़े हुए निशानों में तीखी जलन हो रही थी।

तभी पीछे की दीवार फांदकर कोई कूदा। एक धमाका, और फिर पैरों की दबी-दबी आहट। बन्ना की आंखें उघड़कर फैल गईं। जरूर रामौतार होगा। संभव है, इस बार उसके मन में कोई घात हो। बन्ना को अपना अन्त नज़दीक आता जान पड़ा। वह डर को दबाकर सीधी बैठ गई और आवाज़ को कठोर बनाकर बोली, "कौन है ?"

अंधेरे में लिपटी हुई आकृति ने कोई उत्तर नहीं दिया।

रात भयावनी हो उठी थी। आकाश के तारे अचानक धुंधलके में खो गए थे। बन्ना का कलेजा धड़कने लगा। उसने फिर साहस जुटाया, "कौन है रे !"

आनेवाले ने अपना नाम नहीं बताया। वह पेड़ के घुप्प अंधकार में खड़ा होकर आहिस्ता-से बोला, "मैं हूं...डरो मत !"

बन्ना आवाज़ की कोई पहचान नहीं कर पाई। एक क्षण को लगा, डाक्टर है। नहीं, शायद जस्सू हो। वह आशंकितसी दीदे फाड़ती रही।

आगन्तुक निकट आया।

"यहां क्यों बैठी हो ? मैं तुम्हें सारे घर में ढूंढ आया।"

चेहरा स्पष्ट हो गया।

"तुम हो !" बन्ना ने धीरे से कहा। एकाएक उमड़कर उसका गला भर आया और शब्द भीगकर कांप गए।

सन्दो उसकी बगल में बैठ गया। एक हाथ उठा और बन्ना के कन्धे पर आ गया। वहां भी चोट का घाव था, पर बन्ना को एक लम्बे अरसे की प्रतीक्षा के बाद सन्दो का यह मीठा स्पर्श मिला था। उसकी नसों में सनसनी गूंज गई।

'नाराज़ हो ?" सन्दो ने पूछा।

बन्ना की छाती में एक अन्धड़-सा उठा। उसने आंसुओं को घूंटना चाहा, पर वे बरबस गालों पर ढुलक पड़े।

"मुझे माफ करो।" सन्दो की आवाज़ घुटी-घुटी थी, "मैंने तुम्हें धोखा नहीं दिया...लेकिन मेरी ज़िन्दगी ही ऐसी है। हर वक्त खतरे में रहता हूं।"

बन्ना के फड़कते हुए होंठ सहसा थिर हो गए। उसने सन्दो की आंखों में झांककर देखा, "तुम्हारे पीछे पुलिस लगी है, सन्दो?"

सन्दो ने हां में सिर हिलाया।

"तुम्हें इन झंझटों की चिन्ता में नहीं पड़ना चाहिए। कोई मर्द होकर मौत से न खेले तो उसमें और किसी हिजड़े में फर्क क्या हुआ ?"

बन्ना पल भर चुप रहकर बोली, "तुमने सुरजा का क्या किया?"

"उसका क्या करता मैं ? बदला लेकर थाने को सौंप दिया।" सन्दो ने बेपरवाही दिखलाते हुए कहा और बन्ना को अपनी ओर खींच लिया। उसके गर्म, सूखे हुए होंठ बन्ना के चेहरे पर फिसलने लगे। हाथ गरारे के नेफ तक गया और वहीं टिक गया।

"गरभ है ?" सन्दो ने उचककर बन्ना की तरफ देखा।

"हां, तुम्हारा !" बन्ना की पलकें फिर गीली हो गईं।

सन्दो सोच में डूब गया। बन्ना की नाभि पर रखा हुआ हाथ मिट्टी के गिलगिले लोंदे की भांति बेजान-सा हो गया। आंखें अंधेरे में डोलते हुए गाछ-बिरछों में कुछ टोहने लगीं। पत्ते मन्द-मन्द फड़कनों में बोल रहे थे, मानो चोरी करते हुए बतिया रहे हों।

"क्या सोच रहे हो?" बन्ना ने अपना छोटा-सा सिर सन्दो की गोद में डाल दिया, रूई की गेंद की तरह।

सन्दो ने एक उसांस भरी। फिर चेहरे को मोड़कर भाव बदलने की चेष्टा की और अपने को झाड़ लेने के अन्दाज़ में किसी ठौर पर टिकता हुआ-सा बोला, "मैं तुम्हें लेने आया था, पर लगता है, यह समय ठीक नहीं है।"

बन्ना चौंक पड़ी, एक हल्की चमक उसके भीतर ऊपर उठी, मानो वह अनुमान से तमाम चीज़ों को भांप लेना चाहती हो। उसने सन्दो के गले में बांहें डाल दीं और उसे अपने पर झुका लिया, "कहां ले जा रहे हो तुम मुझे ?"

"कहीं भी...जहां तुम जाना चाहोगी।" सन्दो का स्वर अनिश्चित था,

जैसे उसे अपनी ही थाह न हो।

बन्ना ने उसकी भटकन को चीन्ह लिया, "सन्दो !" वह अपने को किसी बन्दिश से छुड़ाती हुई बोली, "मुझसे साफ-साफ कहो।"

सन्दो पल-भर कुछ नहीं बोला। उसने आस-पास सावधानी से देखा, फिर आवाज़ में एक दबाव डालकर कहने लगा, "पुलिस की तीन गाड़ियां मुझे तलाश रही हैं। बड़ी मुश्किल से लुकते-छुपते मैं यहां तक आ पाया हूं। मैंने अब तय किया है कि पाकिस्तान की तरफ भाग जाऊं। एक बार सींव लांघ गया तो फिर किसी के दांव में नहीं आने का। सोचा था मैंने कि तुम मेरे साथ चलोगी, लेकिन..."

सन्दो ने वाक्य अधूरा ही छोड़ दिया और अपने घुटनों को सटाकर खोया-खोया-सा हो गया।

चिन्ता की कुछ सलवटें बन्ना के चेहरे पर आईं और मिट गईं। सन्दो के हाथ पर अपनी हथेली रखकर उलाहने के स्वर में बोली, "तो तुम अकेले जा रहे हो अब ?"

सन्दो चुप रहा।

"लौटोगे कब?"

'पता नहीं।"

सन्दो का मन कितना भारी है, बन्ना ने जान लिया।

"अब मेरी भी एक सुन लो सन्दो, कैसी भी हालत हो, कुछ भी हो चाहे, पर मैं तुम्हारा संग नहीं छोड़ूंगी। यह मेरा निश्चय है।"

सन्दो अजीब निगाहों से उसे देखने लगा।

"तुम कैसे आए हो?" बन्ना ने पूछा।

"उंट पर।" सन्दो बोला, "उसे मैंने गांव के बाहर ही खेजड़े से बांध दिया। यहां तक आता तो पांवों की आवाज़ से सब लोग जाग जाते।"

बन्ना विचारमग्न बैठी रही, फिर कुछ तय करके बोली, "ऊंट पर तो मैं नहीं चल सकूंगी। पिलान इतनी ज़ोर से हिलता है कि वैसे भी जान गले में आ जाती है।

इस वक्त मैं अकेली भी नहीं हूं। अन्दर को उस नन्हीं जान को खतरा है।" वह धीमे से हंसी, "सींव के पार जाकर तुम कहां रुकोगे?"

"मिजानतल्ली में। वहां मेरी जान-पहचान के कई। लोग हैं।"

"ठीक है सन्दो, तुम मिजानतल्ली में मेरा इन्तज़ार करना। मैं तुम्हारे पीछे-पीछे आ जाऊंगी।" बन्ना के शब्दों में दृढ़ता थी।

"कैसे आओगी? मैं भी तो जानूं कि तुम्हारी तैयारी क्या रहेगी? इतना ऊबड़-खाबड़ रास्ता है कि..."

"निश्चिंत रहो। मैं सही-सलामत तुम्हारे पास पहुंच जाऊंगी।" बन्ना ने मुसकराकर कहा, "तुम्हारे अंश पर कोई आघात नहीं आएगा।"

सन्दो को सन्तोष नहीं हुआ तो बन्ना ने आश्वस्त करते हुए कहा, बैलगाड़ी पर आऊंगी और ऐसी राह से कि चाहे वक्त ज़्यादा लगे, पर तकलीफ न हो। अब तो खुश हो न?"

इतनी देर बाद सन्दो अपनी चौड़ी मुसकान धेंठों पर ला सका। उसने बन्ना के चेहरे को फूल की तरह हथेलियों में उठा लिया और एकटक देखने लगा। कुछेक लम्हें यूं ही गुज़रे, फिर वह व्यस्त-सा उठ खड़ा हुआ।

"अब मैं चलूं! पुलिस मेरी खोज में इधर भी आ सकती है।"

तेज़-तेज़ कदमों से सन्दो अंधेरे में गुम हो गया।

बन्ना कुछ देर उसकी बंधी-सधी पदचाप सुनती रही, फिर वह भी बन्द हो गई और रात की झाइयां गहरी पड़ने लगीं।

वह उतावली-सी उठी। बदन में फिर टीस उठी। वह धीरे-धीरे डाकखाने की तरफ चल पड़ी। बेलों, पौधों और रेत की मेंढ़-खालियों को पार करती हुई घर के अन्दर से होकर जाने में उसे आशंका थी कि कहीं रामौतार न देख ले। वह अवश्य लौटकर आंगन में सो रहा होगा।

रक्खे की खाट चबूतरे पर थी। वह चादर से तन ढांके खर्राटे ले रहा था। बन्ना ने चादर का एक कोना खींचा। कोई प्रतिक्रिया नहीं हुई। खाट की

पाटी को हिलाया, पर रक्खे टस से मस नहीं हुआ। बन्ना ने उसके कान के पास मुंह कर पुकारा, "रक्खे, रक्खे !"

उसने एकदम आंखें खोल दीं। चेहरे पर अब भी नींद थी और वह उस झीने आवरण को हटाने के लिए बार-बार होंठों से पिचक्-पिचक् कर रहा था।

"मैं हूं बन्ना !"

रक्खे हकबकाकर उठ गया।

"मेरे साथ आओ।"

बन्ना चल पड़ी तो रक्खे नंगे पैर ही उसके पीछे हो लिया।

उसी जगह पर आकर बन्ना हांफती हुई बैठ गई। रक्खे गर्दन डोलाता हुआ खड़ा रहा। बन्ना सांस जमने पर बोली, "रक्खे, तुम पर मुझे बहुत भरोसा है...इसीलिए इत्ती रात गए तुम्हें जगाकर लाई हूं। मेरे लिए एक बैलगाड़ी जुटा सकोगे !"

रक्खे एक क्षण बाद बोला, "कहां जाना है ?"

"मिजानतल्ली।"

"वो ढ़ाणी तो उधर है। दूसरे मुलक में।"

"मुझे वहीं जाना है।"

रक्खे असमंजस में सिर पर हाथ फेरने लगा। उसके टखने कांपकर आपस में टकरा गए। उसकी दुविधा को समझती हुई बन्ना बोली, "सन्दो उसी ढ़ाणी में मिलेगा मुझे। वह यहां की पुलिस से बचकर भाग गया है।"

रक्खे चुंधी-चिपकी आंखें बन्ना के चेहरे पर जमाए रहा।

"तुम मुझे बैलगाड़ी पर वहां छोड़कर लौट आना।"

"कब चलना है ?"

"अभी, जितनी जल्दी हो सके।"

रक्खे के पांव मुड़ गए, "मैं कोई बैलगाड़ी लेकर आता हूं।"

"यहीं आ जाना। मैं तैयार मिलूंगी।"

□□□□□□□□

वही रात। वही चुनौती भरा अंधेरा। वही निंदासी हवा। रणसी के डेरे में आग जल रही थी और उसके रक्ताभ उजाले में टीलों के मुंह सरकस के जोकरों की तरह लाल हो चुके थे। उनकी बेडौल छायाएं पेड़ों की गुंठल जड़ों से उलझ रही थीं। हवा की चेपट में कभी-कभी लपटों का जाल लहराने लगता और आस-पास के रेतीले वातावरण को झक-झोरकर रख देता था। एक टिटहरी काफी देर से एक रस, आवाज़ में चीख रही थी। ऐसा लगता था, जैसे यह बेसुरी लय उसके गले में फंस गई हो और बार-बार कोशिश करने के बावजूद निकल न पा रही हो ! उसका कंठ लहूलुहान हो चुका था, पर किसी को उसकी परवाह नहीं थी। कोई भी उसकी व्यथा को 'सुन' नहीं रहा था।

रणसी को कहीं से यजमानी में एक बकरा मिला था। और शाम को घूम-घूमकर वह अपने जान-पहचान वालों को दावत दे आया था कि रात को उसके यहां बकरा पकेगा। डाक्टर, जस्सू और भीमा सबसे पहले पहुंच गए थे। डाक्टर ने साथ में एक मटकी दारू का भी इन्तज़ाम कर लिया था। पिछले दिनों पेचिश की तकलीफ ने उसके शरीर का अंजर-पंजर हिलाकर रख दिया था, पर कुछ रोज़ से वह अपने आप में ठीक महसूस कर रहा था और जव रणसी का न्यौता मिला तो उसने इस मौके का रंग गहरा जमाने की बात सोच ली थी। डेरे के टीले पर उनकी 'गोठ' शुरू हो गई थी। डाक्टर ने दारू की मटकी को गोद में रख लिया। रणसी तीन कटोरे ले आया। अपने लिए उसने लोटा उठा लिया था और जन्तरी के लिए गिलास। लपटों की रोशनी सभी को उत्तेजित कर रही

थी। उनके चेहरों पर उत्साह चमक रहा था।

डाक्टर ने कटोरे भरे। दारू की महक ने उसकी नसों को पागल बना दिया और बिना किसी से कुछ कहे ही उसने एक लम्बा घूंट खींच लिया। जो आग बाहर थी, वह एका-एक जलती लकीर खींचती हुई उसके अन्दर उतर गई। आंखों में उन्माद का पहला झोंका लहरा गया।

जस्सू और भीमा ने भी कटोरे नज़दीक ले लिए और पीने लगे। रणसी ने मटकी को डाक्टर की गोद से छड़ाकर ज़मीन पर रखा और गिलास डुबोने लगा। उसने अपनापे से आवाज़ दी, "हे मिनिया, ले, इसे अपनी माई को दे दे।"

मिनिया गिलास उठाकर ले गया और सिरकी के पाल की ओट में बैठी हुई जन्तरी के सामने धर दिया। कुछ पल विसूढ़-सा खड़ा रहा, फिर वहीं टांगे पसारकर बैठ गया।

"एक घूंट ले ले।"जन्तरी ने गिलास का कोना मिनिया के मुंह से सटा दिया। बू से नथुने सुलगने लगे। वह घबराकर गटागट पी गया और अंगुली से माथा मसलने लगा।

"जै गोगाजी पीर की, जै दरेरा के बलबीर की, जै मेड़ी के धजाधीर की" रणसी ने तीन बार हांक लगाई और एक ही सांस में लोटा खाली कर दिया। डाक्टर ने उसकी तरफ चौंककर देखा, फिर हंस पड़ा।

"क्यों हंस रहे हो?" भीमा ने कड़ककर पूछा, कुछ इस तरह जैसे डाक्टर ने उसके किसी फौजी हुक्म की अवहेलना कर दी हो।

डाक्टर सिकुड़ गया। भीमा को देखते ही उसका दिल कमज़ोर पड़ने लगता था। वह अपने को अपराधी महसूस करता हुआ नज़रें बचाने की कोशिश करता था। परन्तु, इस वक्त उसके अन्दर शराब थी, गर्मी थी और कायरता पर आत्मविश्वास का मुलम्मा चढ़ गया था। उसने किंचित उपेक्षा दिखलाते हुए कहा, "तुम किसी को हंसने भी नहीं दोगे?"

"तुम्हारे सिवा यहां और कौन हंस रहा है? तुम्म...स्साले कोई लाट स्साब हो जो बेबात दांती निकाल रहे हो।"

भीमा गरम हो गया।

जस्सू ने उसका घुटना दबा दिया, "गड़बड़ मत करो।"

"इसमें क्या गड़बड़ कर दी मैंने ? मैं सिर्फ यह जानना चाहता हूं कि इस मुर्गी के चूज़े डाक्टर को मुझ पर क्यों हंसी आ रही है ?"

डाक्टर ने अपने को अपमानित महसूस किया, "तुम पर किसे हंसी आएगी ? तुम्हें देखकर तो रोना आएगा।" व्यंग्य से उसके होंठ ज़रा टेढ़े हो गए।

भीमा ने कुछ कहना चाहा, पर जस्सू ने उसके मुंह पर हाथ रख दिया। वह गों-गों करता हुआ दूर हट गया। जस्सू ने आग में से एक जलती लकड़ी निकालकर उसकी तरफ ऐसे बढ़ाई, मानो चमड़ी दागने जा रहा हो। भीमा बड़बड़ाकर और पीछे हो गया। कटोरे में से दारू छलककर उसकी कमीज़ पर गिर गई। वह निरीह-सा अपने आपको देखने लगा।

"जन्तरी हे ! मिनिया को मत पिलाना, ससुरा नींद में बिस्तर खराब करेगा।" रणसी हड़-हड़ हंसा, "या फिर उसकी मूतनी में कसकर धागा बांध देना।"

"मेरे भी बांध देना।" भीमा हंसने लगा, "मेरा पानी भी रोज बिस्तर में निकल जाता है।"

"इसकी तो काट के फेंक देना।" रणसी ने दूसरी बार लोटा भर लिया। पल भर उसे लालसा से देखता रहा, फिर सीधा गले उतार गया।

"अब तुम क्यों हंस रहे हो ?" डाक्टर ने भीमा को टोका, पर उसने ध्यान नहीं दिया। वह आंखें बन्द किए जाने किस चीज़ का ज़ायका ले रहा था। खीझकर डाक्टर ने सिगरेट सुलगा ली और अपने चौतरफ धुएं की मसहरी तान दी। उसका मन वितृष्णा से भर उठा। वह चिढ़ रहा था, अपने से, दूसरों से और हर उस चीज़ से, जो उसके निकट थी। उसे अफसोस होने लगा कि उसने दारू का प्रबन्ध क्यों किया ? इस नंगे भाव को दबोचते हुए उसने कटोरा हाथों में ले लिया और पीने लगा। पीने के बाद केवल एक उच्छ्वास बाहर निकला और डाक्टर ने स्वयं को कुछ सुरक्षित, कुछ ढंका-ढंका महसूस

किया। उसे लगा, दारू आदमी के तन से कपड़े उतार लेती है, पर उसी क्षण कुछ अदृश्य लबादों से ढंक देती है, जिससे उसकी गंदगी खुलती नहीं।

मांस पकने की गंध आ रही थी उस तरफ से, जिधर जन्तरी थी। रणसी ने खुद उठकर उसका गिलास दुबारा भर दिया था। वह चुपचाप पी रही थी। उसके चेहरे का आधा भाग, जिस पर एक पत्ती गुदी हुई थी, आग के उजाले में अपनी गोराई के साथ चमक रहा था। जस्सू ने उसे लालच से देखा और अव्यवस्थित हो उठा। सुरजा से बिछुड़ने के बाद उसके शरीर में अजीब सा बदलाव आया था। वह किसी भरी-भरी औरत को देखते ही ऐंठने लगता था। रगें इतनी जोर से कांपने लगती थीं कि एक-एक अंग तड़फ उठता था। जस्सू जो हमेशा से अलमस्त और बेफिक्र था, हरदम चिन्तातुर दिखलाई देने लगा था। एक बार उसने कुएं पर पानी भरती हुई एक औरत का हाथ पकड़ लिया। वह औरत उसे अलग झटककर उबल पड़ी थी। जस्सू ने सिर झुका लिया और अपनी हीनता में घुटता रहा। उसकी समझ में नहीं आया कि वह उस औरत के साथ क्या करना चाहता था, क्यों उसने हाथ पकड़ा था? उसे आजकल अपनी बहुतसी हरकतें समझ में नहीं आती थीं। एक दिन उसने किसी बातपर डाक्टर से झगड़ा कर लिया और फिर क्रोध में आकर अपने ही गालों पर तमाचे जड़ लिए। तब भी वह सोच नहीं पाया था कि उसने ऐसा किसलिए किया।

"रामौतार नहीं आया।" डाक्टर ने जाकिट का एक बटन खोलते हुए कहा। वह अंधेरे में दूर तक देखने की कोशिश कर रहा था, मानो किसी पेड़ या झाड़ी में से रामौतार के प्रकट होने की उम्मीद करता हो।

"उनका कोई पता नहीं, कब आ जाएं।" जस्सू के जूते में रेत घुस गई थी, दारू की ऊंचाइयों-नीचाइयों के बावजूद वह तलुवों में रेतीलापन महसूस कर रहा था, पर उसे निकाल देने के खयाल के साथ ही उसकी हिम्मत टूट चुकी थी। वह तीसरी दफा कटोरा खाली कर रहा था। पीते हुए उसे अचानक लगा कि कोई चाबुक लिए उसके सिर पर खड़ा है और कह

रहा है—पी, जल्दी-जल्दी इस दुर्गन्ध को पी!

मटकी से कटोरा भरते हुए जस्सू ने जानबूझकर नाक आगे कर दी। वह असलियत को सूंघना चाह रहा था, पर उसके नथुने बेकार हो चुके थे। उसे किसी भी किस्म की गंध उस तरल, गाढ़े स्वाद में नहीं मिली। वह निराश हो गया और जीभ की नोंक को दांतों से किचरने लगा। हल्का-सा दर्द हुआ तो यह काम भी छोड़ दिया। जन्तरी भी पीने के बाद होंठ चाट रही थी।

"अब तो यहां की छावनी उठने वाली है।" भीमा ने कहा।

"छावनी ?" रणसी ने आंखें झपकाकर उसकी तरफ मुंह किया। वह किसी अघाये बैल की तरह लम्बी, फुसकारती हुई सांसें ले रहा था।

"भीमा के लिए हर महकमा छावनी है। सरकार यहां का डाकखाना खत्म कर रही है तो भीमा की छावनी टूट रही है।" जस्सू ने आसन बदलते हुए कहा। उसकी रीढ़ अकड़ गई थी और पांव परस्पर चिपक-से गए थे।

"लाओ भई, कुछ खाने का सामान भी लाओ। बकरा पक गया?" डाक्टर ने उकताए स्वर में पूछा और कटोरे पर अंगुलियां बजाने लगा। फिर उसने अंगारों पर दारू के कुछ छींटे दिए। छन्-छन् की आवाज़लपटों से चोंच लड़ाने लगी।

जन्तरी मांस की देगची में डोई चला रही थी। डाक्टर की बात पर उसने रणसी की तरफ देखा और होंठों से टिच्-टिच् की।

"जाओ, घरवाली तुम्हें बुला रही है।" भीमा ने रणसी के कुहनी लगाई तो वह झोंक से बाहर आ गया। कमर पर हाथ रखकर उठा और जन्तरी के सामने इस तरह जा खड़ा हुआ, मानो अभी लक्कड़ से उसकी खोपड़ी को टूक-टूक कर देगा। जन्तरी चूल्हे की आंच कम कर रही थी। उसकी मुलायम आवाज़ सुनाई दी, "कुंड्डे साफ कर दिए हैं, परोस दो।"

डाक्टर और जस्सू ने एक-दूसरे को सन्देह से देखा।

उस सन्देह में ओछापन था, स्वार्थ-भाव था। शायद वे दोनों ही रणसी

की बीवी को लेकर कुछ सोच रहे थे और उसी क्षण आमने-सामने पड़ जाने की वजह से झेंप गए थे।

माटी के कुंड्डों में मांस भरकर सबके सामने रख दिया गया। मिनिया भूखा ही सो गया था। जन्तरी उसे जगाने लगी, टिच्-टिच् की संकोच और संकेत भरी ध्वनि के साथ।

"पड़ा रहने दे उसे। ज़्यादा तंग मत कर। सुबह उठेगा तो खा लेगा।" रणसी ने डांट दिया। फिर अपनी डांट-डपट को व्यर्थ करने के लिए उसने मटकी की ओर लोभ से देखा और उसमें लोटा डुबाने लगा।

भीमा पर नशा सवार हो गया था। वह कटोरे को टोप की तरह सिर पर ओढ़कर बड़बड़ा रहा था। उसके होंठ भद्दे ढंग से हिल रहे थे और बीच-बीच में ढीले पड़कर लटक जाते थे।

रणसी की देखादेखी डाक्टर और जस्सू ने भी अपने-अपने कटोरे भर लिए। पके हुए मांस से भाप उठ रही थी, मसाले की गंध में लहरियाती हुई। जन्तरी ने भीमा के आगे कुंड्डा रखा। वह उसे भयभीत निगाहों से ताकने लगा।

"खा ले।" जस्सू ने कहा। उसकी आवाज़ फिसल रही थी।

"बाटियां कहां हैं?" रणसी चीखा।

जन्तरी भागकर चूल्हे के पास गई और गर्म राख में दबी हुई मक्के की बाटियों को चिमटे से निकाल-निकालकर तसले में रखने लगी। तसला भर गया। जन्तरी ने उसे लाकर सबके बीच रख दिया और रणसी के पीछे ओट लेकर बैठ गई। बाटियां सिककर करारी हो गई थीं। डाक्टर ने उन्हें शोरबे के बर्तन में डुबो दिया और इन्तज़ार करने लगा। बाटियां सूं-सूं कर रही थीं और भूखी अंतड़ियों के लिए उनकी यह धीमी आवाज़ बेचैनी पैदा करने वाली थी।

"भूत! भूत!!" भीमा चिल्लाया। वह हडबड़ाकर उठा और अपने मांस के कुंड्डे को औंधा करता हुआ भागने की चेष्टा करने लगा, पर

दो कदम लेते ही वह लड़खड़ाकर गिर गया। उसने हाथ-पांव पटककर छटपटाना शुरू कर दिया, "अरे, वो-वो-वो भूत..हाई, मेरी जान गई।"

जस्सू को यह शोर अखर गया। हालांकि वह अपने उनींदे, सुरक्षित कवच में था, पर एकदम चौंककर खड़ा हो गया। गुस्से से उसकी त्यौरियां खिंच गयीं। डगमगाते हुए उसने भीमा को पकड़ लिया। उसकी कमीज़ को हाथ से खींचा तो वह फट गई। जस्सू ने दड़ाक् से एक लात भीमा की पीठ पर जमा दी और उसे ज़ोर का धक्का देकर बोला, "भाग जा हरामजादे यहां से ! पीछे मुड़कर देखा तो भुर्ता बना दूंगा।"

डाक्टर ने आंखे फाड़-फाड़कर जस्सू की यह हरकत देखी और शोरबे में से एक बाटी निकालकर चबाने लगा। रणसी पहले ही शुरू कर चुका था। वह एक हड्डी से जूझ रहा था। जन्तरी के होंठों की हल्की-सी आवाज़ उसकी आड़ से आ रही थी। जस्सू डिग्गे खाता हुआ लौटा और अपने कुंड्डे में नाक तक मुंह डालकर सुड़कने लगा। साथ ही उसकी सांस धौंकनी की तरह चल रही थी।

भीमा मार खाकर उठा। उसकी आंखों के आगे जाले झूल रहे थे। सीने में भाटा फंस गया था। वह धीमे-धीमे टीले की ढलान में उतरने लगा कि फिर ज़ोर से चीखा, "बाऽप रेऽऽ काऽला...काऽला...भूऽऽत..."

वह गिरता-पड़ता दौड़ने लगा।

"चुप्प ! डरपोक कहीं के !" यह रामौतार की कुढ़ती हुई आवाज़ थी।

जस्सू के मुंह का कौर रुक गया। डाक्टर भी थोड़ा संभला। उनकी आंखें अंधकार को छेदने लगीं। एक सफेद सूराख बना और उसमें से रामौतार निकलकर सामने आ गया। जस्सू ने उसके बैठने के लिए जगह बना दी, मटकी के बिलकुल पास। वह अपना खाली कटोरा धूल से मांजने लगा। उसे साफ कर दारू से भर दिया और रामौतार के घुटनों से सटाकर रख दिया। दारू का हरा रंग आग की रोशनी में गहरा-गहरा चमक रहा था। कांच की तरह।

"कुछ...खाओ-पीओ...बाबू-सा..." रणसी का स्वर टूटे पत्ते की भांति हवा में उड़ रहा था, अस्थिर। उसने एक बाटी शोरबे में से निकालकर रामौतार को देनी चाही, पर हाथ कांप गया और बाटी गिर गई।

"ले लो ...खुद...ही...ले लो। उसने कहा और मांस के एक बड़े लोंदे को निचोड़ने लगा फिर उसे मुंह में भर लिया। गाल फूलकर फटने को हो गए। आंखें बाहर टपक पड़ीं, पर वह जबड़े हिलाता रहा, एक कभी खत्म न होने वाली बेबसी को सार्थकता से ओढ़े हुए।

"यहां सन्दो आया था?" रामौतार ने एक घूंट लेने के बाद कुछ सोचते हुए सवाल किया। उसका चेहरा विकृत हो गया था।

"सन्दो?" डाक्टर ने आंखें मूंदे दुहराया और कन्धे उचका दिए।

रणसी सिर धुनता हुआ बोला, "बाबू-सा...सान्दो-तो राजा-आदमी है...हमारे-ऐसे-भाग-कहां...कि...वो यहां आए।" उसे हिचकियां आने लगीं। उनकी कोई परवाह न कर उसने शब्दों को इकट्ठा किया, "सन्दो-जैसा-मजबूत-और-दिलेर-पट्ठा-मैंने-आज-तक-नहीं-देऽखा..." धूल में मुक्का मारकर वह निढाल हो गया।

जस्सू के चेहरे पर राख चिपक गई। उसके सामने सन्दो द्वारा दी गई नरबलि का दृश्य स्पष्ट हो उठा और वह कांप गया। पलकें फड़का कर उसने माथे पर छलक आया पसीना पोंछा और टूटते स्वर में बोला, "गर्मी तो अब आ ही गई।"

"इधर से अभी एक आदमी गया था, पैदल-पैदल।" रामौतार कह रहा था, "मुझे लगा, सन्दो है...मैंने दूर से देखा था।"

"डेरे में तो वह नहीं आया।" डाक्टर ने डकार लेकर कहा, "मैंने सुना है कि पुलिस उसे ढूंढ़ रही है। उसके सिर पर इनाम भी बोला गया है।"

"पकड़ा गया तो उसे फांसी होगी।" जस्सू के होंठ कस गए मानो यह कहकर उसने सन्दो से पूरा बदला ले लिया हो।

"सन्दो जैसे लोग मौत की परवाह नहीं करते।" डाक्टर ने एक अंगारे

से सिगरेट सुलगा ली।

"मौत—तो—सन्दो—के—आगे—फूलपरी—की—तरह—नाचती है...रणसी ने गर्दन मचकाई, फिर जन्तरी से बोला, "उठ चुडैल...अब-क्या-सारी-रात खाती रहेगी...बन्द-कर-यह-चिगर-चिगर..."

जन्तरी तमककर उठी और सिरकियों के अन्दर चली गई।

जस्सू खामोशी से, शत्रुता की एक पैनी निगाह से डाक्टर को देख रहा था। उसका चेहरा तन गया। जी में आया कि इस छली व्यक्ति को, जो लगातार बिना सोचे-समझे सन्दो के गुण गा रहा है, उठाकर किसी खड्ड में फेंक दे या इसे मसलकर रख दे। पर वह कुछ नहीं कर पाया। हल्के-हल्के खांसता रहा।

रामौतार की हारी-सी नज़र छलकते हुए कटोरे पर मंडराती रही। वह उसे यों ही उपेक्षित रखकर अपने मन को किसी ठोस ज़मीन पर पुख्ता कर रहा था। जब न रहा गया तो कुछ घूंट ले लिए। फिर दृष्टि दूर की बुझी हुई झाड़ियों-टहनियों में अटक गई। अन्दर का आदमी बहुत अशक्त हो चला था, किसी भी तरह ताकत नहीं जुटा पा रहा था। उतावली और झुंझलाहट में वह फिर कटोरे पर झुक गया।

सिरकियों में धम-धपक हो रही थी, पता नहीं जन्तरी किस कारज को निपटाने में लग गई थी। उसके पांवों के कड़ी-छैलकड़े भी बज रहे थे।

"आजकल तुम्हें नेहरू जी की याद नहीं आती।" डाक्टर ने उपहास के ठंडे लहजे में कहा।

"आती है, उस समय, जब सपने देख रहा होता हूं।" रामौतार ने बिना झिझक के कहा, "एक बार दिल्ली जाकर नेहरू जी को फिर देखना चाहता हूं। इतने सालों में तो वह काफी बदल गए होंगे।"

"तुम भी तो बदल गए हो।"

"मैं...मैं नहीं बदला।" उसकी आवाज़ में फीकापन उतर आया, "रेत आदमी को बदलती नहीं है, वहीं का वहीं निर्जीव बना देती है...

यहां से लौटकर मैं अपने को मुक्त अनुभव करूंगा। कोई ढंग का काम शुरू करने की भी सोचूंगा। जैसे सर्वोदय की शाखा चलाना या और कुछ ऐसा ही।"

"बकवास!" डाक्टर ने होंठ सिकोड़े और अंगुलियों में फंसी बिना पी हुई सिगरेट की राख झाड़ने लगा।

"डाक्टर, तुम्हारा किसी चीज़ में विश्वास नहीं है।" रामौतार ने निरीहता से कहा।

विश्वास है, अच्छाई में, बुराई में, लेकिन पागलपन में नहीं।"

"मुझे शायद तुम भीमा की ही तरह समझते हो!"

"हां, ज़्यादा फर्क नहीं कर पाता।"

कुछ पल खामोशी में अटके रहे।

"अपनी सनकों को तो मैं पहचानता हूं डाक्टर, पर तुम अपने को नहीं जानते। हो सकता है स्वयं को भुलावे में रखकर तुम कोई भरोसा, सन्तोष या ऐसा ही कुछ हासिल करना चाहते हो। मैं भी कभी-कभी इस तरह की आकांक्षा को पालता हूं, पर वह देर तक मुझमें नहीं रहती। तुम सोचते होगे कि मैं नेहरू जी की बातें कर अपने को न समझ में आने वाले आदर्शों की ओर क्यों घसीटता हूं? तुम्हें यह मेरा पागलपन लगता है। लेकिन सच यह है डाक्टर कि मैं नेहरूजी को पसन्द करता हूं। हर तरह से—आंख से, नाक से, होंठ से, कद से। जिस तरह लोग अपनी पसन्द के लिए बहुत कुछ करते हैं, मैं भी करता हूं। तुम्हें अगर कोई फल बेहद पसन्द होगा तो तुम उसका पेड़ लगाने की कोशिश करोगे। कोई कपड़ा या रंग अच्छा लगेगा तो उसका इस्तेमाल करना चाहोगे। इसी तरह नेहरूजी मेरे लिए एक 'हाबी' की तरह हैं। मैं अपनी हाबी में ऐसा कोई नुक्स नहीं देखता कि उसे छोड़ दूं।"

रामौतार ने दूसरी बार कटोरा भरकर जल्दी से पी लिया और बेधती आंखों से डाक्टर के जिद्दी चेहरे को टटोला। डाक्टर विचलित हो गया। कुछ और ही तरह की सख्त चमक थी उन आंखों में, जैसे वे चिकने पत्थर

की बनी हों।

"एक बात और है डाक्टर, मैं तुम्हें सन्दो से अलग करके नहीं देखता। तुम दोनों का एक ही बीज है। एक ज़रा सुथरा है तो दूसरा घुन खाया हुआ। अकसर मुझे लगता है कि तुमने घाट-घाट का पानी पिया है, बहुत घूमे हो, संभव है तुमने कभी किसी का खून भी किया हो। अगर किया है तो तुम्हारे मन में उसके लिए कोई पछतावा नहीं हो सकता।"

डाक्टर हिल गया। सिर्फ हिला ही नहीं, जड़ों समेत उखड़कर गिर पड़ा, जैसे भूकम्प आने पर मकान-पुल-दरख्त भहराकर गिर पड़ते हैं। उसकी पृथ्वी डगमगा रही थी। रामौतार की दृष्टि इतनी तीक्ष्ण और मारक है, उसने पहले कभी महसूस नहीं किया था। उसकी स्मृति पर पड़े हुए गर्दढेले भुरभुराने लगे। एक स्त्री की लाश, चाकू की तेज धार, नदी का ठंडा जल और किनारे पर घृणा में सुलगता हुआ—वह स्वयं। कितने बरस बीत गए, डाक्टर इस दुर्घटना को भूल-सा गया था। नदी में से जाने कितना पानी गुज़र गया, चाकू की धार भी जंग खाकर भोंथरी पड़ गई और वह—उम्र को लांघता हुआ सीढ़ियां उतरता गया। धीरे-धीरे उसने किसी जानवर की ही तरह एक अभेद्य अकेलेपन का आविष्कार कर लिया। अगर वह स्त्री—मीरा, आज ज़िन्दा होती तो डाक्टर को खुदकुशी के लिए बाध्य होना पड़ सकता था। उसे मीरा का अहं और उस पेपरवेटनुमा अहं से जुड़ा हुआ चरित्र स्वीकार नहीं था। एक अरसे तक उसने समझौता करने के उपाय खोजे, फिर निर्णय कर लिया और चाकू लेकर...उस विरोधी सत्ता को खूंद डाला।

दारू शरीर में तनातनी पैदा कर रही थी, पर डाक्टर सचेत हो गया। वह ज़वान बन्द रखना चाहता था। उसे डर था कि यदि वह ज़रा-सा भी बोल पड़ा तो रहस्य खुल जाएगा। इस बदतर स्थिति से बचने के लिए उसने चुप को कसकर पकड़ लिया था।

"यों गंदगी हम सब में है।" रामौतार नशे की तहों को खोलता-समेटता हुआ बोल रहा था, "मैंने आज बन्ना को बेंत से पीटा सिर्फ इस

आशा के साथ कि जिस तरह जन्तरी रणसी से मार खाकर सीधी हो जाती है, वह भी हो जाएगी। सचमुच यह मेरी सनक थी। मुझे अपने किए पर अफसोस है। मैं कठोर हो गया था। वह एक नपुंसक व्यक्तित्व की कठोरता थी, जो मारपीट को ही पौरुष का प्रदर्शन मान बैठी थी।" रामौतार ने कटोरा उलटकर रख दिया। फिर उसके पेंदे पर अपनी हथेली जमा दी।

"ठीक है भई, ठीक है। सब चलता है।" न चाहते हुए भी डाक्टर के मुंह से निकल पड़ा। उसने तुरन्त जीभ दांतों के बीच में दबा ली।

रणसी रेत में चेहरा गाड़े हुए गों-गों-गों करता हुआ कुछ गा रहा था। उसके बेढंगे स्वर को नोंचता हुआ जस्सू का कंठ भरभरा उठा—'महोबत-मेंय-अइसे-कदडम—डऽगमगाऽये—जामाना—येऽऽ—समुझाऽऽ...

एक फूहड़ विराम कुछ क्षण सिलबिलाता रहा।

डाक्टर अपने अन्दर की घिचपिच को नष्ट कर कोरा, बिलकुल कोरा होना चाहता था। किसी अवांछित घटना और उसकी नहूसत में वह आकंठ धंस गया था और अपने आपको बुरी तरह लानत-मलामत भेज रहा था। उसे लग रहा था, वह जी नहीं रहा है, केवल कुछ गलत नतीज़ों की। प्रतीक्षा कर रहा है।

"अब यहां से चलो।" उसने रामौतार के कंधे पर बांह रखकर बेसब्री से कहा, "तुम आज मेरे पास ही सो जाना। हम कुछ दिलचस्प बातें करेंगे।" डाक्टर का स्वर इतना कोमल और करुण था, मानो वह किसी गधे-घोड़े को पुचकार रहा हो और उसके घाव पर मरहम लगाना चाहता हो।

"दिलचस्प !" रामौतार बड़बड़ाया। मज़ाक उसकी भौंहों में फैल गया, किन्तु वह आज्ञाकारी की भांति उठा और टीले की ढलान में स्वयं को रगेदता हुआ उतरने लगा। डाक्टर ने जाकिट खोलकर हाथ में ले ली। उसे उमस खा रही थी या पता नहीं कुछ भौंडी दीवारों की दीमक। त्वचा में अनगिनत सूराख हो गए थे और सान पर चढ़ी हुई छुरी की तरह हवा उनमें घुस रही थी, अपनी काट का एहसास दे रही थी।

"झूठ का कोई अन्त नहीं। उसे कितनी ही तरह से कितनी ही बार बोला जा सकता है। हिटलर ने कहा था..." रामौतार बहक रहा था।

"अगर झूठ न हो तो आदमी दो दिन ज़िन्दा नहीं रह सके।" डाक्टर ने उसकी बात का समर्थन किया और पांवों को कुल्हाड़े की तरह चलाने लगा। काटने के लिए उस जगह क्या था? वक्त भी नहीं। वह तो उन्हें पहले ही काटकर फेंक चुका था, मरुस्थल में।

"कितनी ठंडी हवा है!" रामौतार रुक गया और सीना तानकर बड़ी गहरी सांसें लेने लगा, "ऐसा मौसम है कि अचानक बर्फ गिरने लगे तो कोई ताज्जुब नहीं। अंधेरे में ज़रूर कोहरा मिला होगा।"

डाक्टर लड़खड़ाया, जाकिट गिर गई, उसे हेरता हुआ बोला, "मैं चाहता हूं कि आधे गांव में आंधी आए और आधे गांव पर बर्फ गिरे। मज़ा आ जाएगा।"

"तुम बेवकूफ हो!" रामौतार की आवाज़ फट गई। तभी उसे एक झाड़ी के पास भीमा पड़ा हुआ नज़र आ गया। उसकी नाक बज रही थी। रामौतार ने उसके एक ठोकर लगाई, "उठ बे, यहीं सोता रहा तो बर्फ में जमकर मर जाएगा।"

"आंधी में भी उड़ सकता है।" डाक्टर ने आहिस्ता से कहा।

रामौतार नाराज़ हो गया, "मैंने कहा न, तुम अव्वल दर्जे के चमगूंद हो। बीच में मत बोलो।"

डाक्टर के भीतर की बची-खुची हरियाली मुरझा गई। वह हबड़-हबड़कर आगे बढ़ता हुआ बोला, "गलती हो गई, भई, गलती हो गई!"

झांय-झांय करती हुई रात। उसके सुरमईपन में जस्सू की आंखें अचानक खुलीं और कुछ क्षण अपने आजू-बाजू का जायज़ा लेती रहीं। वह डेरे के टीले पर ही सो गया था। उससे कुछ परे रणसी के फेफड़े घर्र-घर्र की तन्द्रा में गूंज रहे थे। जस्सू आसमान के धुंधलके को एकटक ताकता

रहा। सहसा उसने प्यास महसूस की। गले में कंटीली घास उग आई थी। वह उठकर बैठ गया।

आग बुझ रही थी। वह अब गड्ढ़े में धंसककर राख का चमकता हुआ ढेर भर लग रही थी। हवा थमी हुई थी और चारों ओर की निस्तब्धता फल-फूलकर परिपक्व हो गई थी। जस्सू ने दारू की मटकी को एक बांह से अपनी तरफ खिसकाया। उसमें थोड़ी-सी बची थी। तालू इतना खुश्क था कि कटोरा भरने का धीरज जस्सू नहीं जुटा पाया। उसने मटकी को होंठों से लगा लिया और छः-आठ घूंट में खाली कर दूर लुढ़का दिया।

शरीर में फिर से चेतना व्यापने लगी। रक्त-शिराओं में पड़ी हुई गाठें झन्नाके से खुल गईं और उनमें एक उबाल, एक रेला बहने लगा। जस्सू ने अन्दाज़ लगाया, रात ज़्यादा नहीं है। डाक्टर और पोस्टमास्टर जा चुके थे। वह चलने के लिए खड़ा हुआ। हड्डियों की जकड़ को खोलते हुए एक अगड़ाई ली। पेट के निचले हिस्से में वजन और दबाव महसूस किया तो कुछ कदम चलकर रुक गया। धोती का एक पांयचा ऊपर किया और पेशाब करने लगा। सन्नाटा ऐसा था कि जमीन पर पड़ती हुई धार एक लयबद्ध ढंग से छिलिल्-छिलिल् बोल उठी। जस्सू को अच्छा लगा, उस आवाज़ का एकतान होना...अपने शनैः शनै खाली होते हुए अंग का स्पर्श ! उसे निचोड़कर उसने झटका-सा दिया और पांयचा गिरा दिया। एक नज़र पीछे डाली। माटी के कुंड्डे लिबड़-सिबड़ होकर पड़े थे। रणसी ने एक कुंड्डे को औंधा जमाकर सिरहाना जमा लिया था।

वही फिसलती हुई निगाह एक जगह जाकर स्थिर हो गई, जैसे उसे लकवा मार गया हो या किसी ने एकदम कसकर बांध दिया हो। जस्सू टकटकी लगाए खड़ा रहा। सिरकी के एक पाल की ओट में जन्तरी सो रही थी, मिनिया के साथ। उसने पैरों से लेकर सिर तक अपने को ओढ़नी में लपेट रखा था और अगर सांसों की आवाज़ नहीं सुनाई देती तो वह एक गठरी से अधिक कुछ नहीं लगती थी। मिनिया की एक टांग

अपनी माई के पेट पर पड़ी थी। चेहरा घूमकर नीचे की तरफ हो गया था।

जस्सू ने थोड़ी-सी सलवटों के आधार पर जन्तरी के गठे हुए तन का अनुमान कर लिया और ऊम-चूभ देखता रहा।

कोई पक्षी फड़फड़ाकर ऊपर से निकल गया। जस्सू ने इस तरह शक से आकाश को घूर दिया, मानो चोरी करते रंगों हाथों पकड़ा गया हो। कुछ क्षण बाद वही खामोशी छा गई। वही कीड़ों की झिंगर-झिंगर धुन। जस्सू दो टुकड़ों में विभाजित हो गया। एक टुकड़ा आगे जाने की सोच रहा था, दूसरा पीछे खींच रहा था,जन्तरी की तरफ। और दोनों के बीच में जस्सू नामक प्राणी एक आकर्षण की चुनौती से सहमा-सहमा साहस बटोरने की दुरुहता में लगा। उलझे-उलझे विचार भन्ना रहे थे। एक विचार से अगले विचार के मध्य भय की निष्क्रियता जमती जा रही थी, पपड़ी की तरह।

उसे सुरजा का खयाल आया, अचानक। फिर सन्दो का, उसके घनघोर पौरुष और दर्प का। जस्सू का हीन भाव प्रगाढ़ होने लगा। दरांती जैसे पौधों को कचरती है, कोई तीखी नोंक उसकी नसों को काटने लगी। जस्सू ने अपने कायर मन को महसूस किया। यही मन था, जो सन्दो के सामने फीका पड़ गया था, प्रतिकार में एक लफ्ज तक नहीं उगल सका था और गोबरेले की भांति अन्दर की निर्जीवता में, घिन्नाती हुई गंदगी में जाकर छिप गया था। जस्सू व्याकुल हो उठा। दारू ने जोर मारा और वह विकट ढंग से उत्तेजित हो उठा। किसी भी दुर्लभ चीज़ से, किसी भी प्रतिगामी शक्ति से वह बदला लेना चाहता था। अपने बौने गुस्से को एक बड़ा आकार देकर भरी-भरी निगाहों से देखने की इच्छा रखता था। स्वयं को सफल और बलशाली साबित करना चाहता था। उसे लगा, जन्तरी के माध्यम से वह अपने तनाव को व्यर्थ कर सकता है, उसे फींचकर रख सकता है। टकराने का इरादा पक्का कर वह तेज़ी से जन्तरी के पास गया और अनुमान से उसका हाथ पकड़कर खींचने लगा।

जन्तरी ओढ़नी में ढंकी-ढंकी कुनमुनाई।

जस्सू ने पूरी ताक़त से उसे हिलाया, झकझोर दिया। जन्तरी कुछ समझती हुई-सी उठी और जस्सू जब उसका हाथ थामे एक ओर चलने लगा तो वह अधनींदी अंधी उसके पीछे हो गई। सिरकियों से बीस-पचीस गज दूर जस्सू रुका, फिर उसने जन्तरी को बांह का सहारा देकर रेत में लिटा लिया। वह आंखें बन्द किए, मानो अभी भी नींद के मीठे आलस से अलग होना नहीं चाहती हो, लेटी रही। घाघरे की पटलियां ऊपर कर जस्सू ने उसकी टांगों को धीरे से फैलाया और अपने आपको एक गीले भाप भरे दलदल में खंभे की तरह रोप दिया। उसके शरीर का घुटता हुआ लावा फूटने को आतुर हो उठा।

जन्तरी ने भी कुछ गरमाई महसूस की। उसने धीरे-से पलकें उघाड़ दीं और एकदम चौंक पड़ी। कुहनियों को ऊपर उठाकर उसने जस्सू को कड़वी के पूले की तरह परे उछाल दिया। घाघरे को झाड़कर खड़ी होती हुई बोली, "आंह तुम्म ! मैंने सोचा था...वो है, मिनिया का बाऊ।" उसकी नींद उड़ चुकी थी और वह रीस से थर-थर कांप रही थी।

एक पल को जस्सू हतप्रभ हुआ, फिर झपटकर उसने जन्तरी की बांह पकड़ ली और ज़मीन पर गिराने की कोशिश करने लगा। जन्तरी ने उसे झटक दिया। अंधकार में से सैकड़ों सुइयां निकल आई थीं और वे जस्सू के रोम-रोम में खुभती जा रही थीं। हांफने लगा, "तो...तुम राजी नहीं हो?"

जन्तरी कुछ न बोली। पीठ फेरकर खड़ी हो गई।

जस्सू का खून खौल उठा। कनपटियों पर नसें बजने लगीं। उसने जन्तरी की कमर में पंजे गाढ़ दिए और मरोड़ देकर पटखनी लगा दी। पड़-पड़े जन्तरी ने जस्सू को एक दृष्टि में तोला और पलक झपकते उसे चित्त कर छाती पर बैठ गई। अब जस्सू नीचे था और कराह रहा था। जन्तरी उसके गले की हड्डी को लोहे के कंगन से ठोंक रह थी, लगातार।जस्सू छटपटाने लगा, पर जन्तरी पर कोई असर नहीं हुआ। वह घिघयाने लगा, एक मरी-मरी झाग-लिपटी आवाज़ उसके होंठों के कोनों तक बह आई। जन्तरी

उठी बांएं पैर की ऐड़ी जस्सू के सिर पर रखकर वह तेज़ी से घूम गई। जस्सू बिलबिलाता हुआ तड़प उठा। उसे अच्छी तरह रौंद पीसकर जन्तरी डेरे में लौट पड़ी। वह बेहोश हो गया।

काफी देर बाद, बैलगाड़ी के पहियों की चिर्राती हुई आवाज़ ने जस्सू के दिमाग को झनझनाया। शरीर बिल्कुल सुन्न सा पड़ा था और जोड़-जोड़ में पीड़ा भरी हुई थी। उसने कराहकर करवट बदली। ऐसा लगा, जैसे बैलगाड़ी भी उसे रौंदती हुई दूर चली गई हो। वह रेत में मुंह धंसा कर रोने लगा। पहले सुबकियों में, फिर घायल ढोर की तरह समूची गलफाड़ से अरड़ा कर।

सुबह डाक्टर जल्दी उठ गया। रात भर न सो सकने की कड़वाहट और बेचैनी उसकी आंखों में झलक रही थी। बड़े बुरे-बुरे सपनों की छाप भी उसके पीले चेहरे पर थी। उसने शीशे में से काला दंत-मंजन लिया और कोठरी के दरवाज़े पर खड़ा होकर उसे घिसने लगा। रामौतार अभी पैर पसारकर दरी पर चित्त पड़ा था। उसके नथुने सनसना रहे थे और होंठों के पास एक मैलापन या उसका आभास जमा हो गया था।

मुंह साफ करने और पानी पीने के बाद डाक्टर शिथिलता से कुछ अलग हुआ, ताज़ा। अन्दर चलने वाली तमाम उथल-पुथल और गुफ्तगू के बावजूद उसने स्वयं को अधिक असंगत महसूस नहीं किया। वह धूप की उन किरणों को, जो गली के ढेलों-पत्थरों को चमका रही थीं, उत्कंठा से देखने लगा। आकाश भी जरा तंग-सा होकर उसे नज़र आ रहा था।

थोड़ी देर बाद शोरगुल होने लगा। गली में चहल-पहल-सी रेंग गई। कुछ औरतें, कुछ मर्द, कुछ बच्चे, कुछ जानवर। सभी आपस में गुंथे हुए आ-जा रहे थे। वातावरण इतना नम और बोदा था, मानो सब कुछ काई के घिनौने चकत्तों में लिपटा हुआ हो। डाक्टर की आंखों पर एक झीना परदा खिंच गया। परदे के आर-पार की दुनिया रेत के थक्कों से लिथड़ी हुई थी।

उसमें सांस लेना तक मुश्किल था।

"फिर ये लोग कैसे जी रहे है ?" डाक्टर ने कुढ़कर सोचा। वह देख रहा था, लोगों में एक सपाट निश्चिन्तता थी और वे बिना अपने आप पर नज़र डाले एक जगह की जड़ता को दूसरी जगह ले जा रहे थे। गोखे में खड़ी हुई एक स्त्री अपनी हथेली को इस तरह देख रही थी, मानो वह कोई खाने की चीज़ हो।

□□□□□□□□□

यह सब दस बरस पहले का जीवन है, उन लोगों का जीवन जो शरीर से या मन से—किसी न किसी स्तर पर भगोड़े थे और रेत की सन्नाट रिक्तता में अपने अस्तित्व को डुबो देना चाहते थे। किन्तु, जितनी हड़बड़ी और विवशता में वे आये थे, उतनी ही उतावली और उदासी के साथ वापस चले गए, बिखर गए। पीछे रह गई वही धूल, वही किरकिराहट, जो दांतों से अधिक धमनियों के खून में बजती है—कभी मोरचंग, कभी राय गिड़गिड़ी, कभी डेढ़ पसली की सारंगी की तरह।

इस कहानी के घट चुकने के बाद, एक कठिन समय आया, अकाल का। भूख, प्यास और न सुनी न जानी बीमारियों का। ढाणियों का वह पूरा 'देश' उजड़ गया। रेगिस्तान के जीव-जिनावर अपने छप्पर और बाड़े छोड़-छोड़कर मौत और दो मुल्कों के बीच कहीं भटकने लगे। रक्खे मर गया, उसी अन्नत प्यास से तड़प-तड़पकर, जैसे उसका बाप मरा था। डाक्टर ने मवेशियों के कच्चे-पक्के मांस पर कुछ वक्त निकाला पर अन्त में उसे भी भुखमरी ने घेरकर पींच दिया। वैसे आखिरी घड़ियों में उसने बचने की कोशिश की थी, कभी इस कोठरी में घुसकर, कभी उस कोठरी में छिपकर, लेकिन मृत्यु ने बिना किसी दौड़-धूप के एक दिन उसे पा लिया और धर दबोचा। कुछ हफ्ते गुज़रने पर जब मैं वहां पहुंचा तो नेगिया बिल्कुल खाली था। कुछ मोटे, डरावने गिद्ध टीलों और गोखों पर बैठे थे। अधिकांश लाशों को नोंच-खसोटकर उन्होंने उनकी पहचान

से अलग कर दिया था, पर डाक्टर को मैं पहचान गया। वह जानवरों के अस्पताल की छः नम्बर कोठरी में चित्त पड़ा था। चींटियां और मकौड़े उसे इतमीनान से खा रह थे।

थोड़े से मददगारों, थोड़े से अनाज के बोरों और थोड़ी सी पानी की टंकियों के साथ मैं उस रेतीले संसार में मारा-मारा फिरता रहा, जो मेरे भीतर एक समूचेपन की सामर्थ्य लेकर मौजूद था। मैं गबासी गया, बराऊ गया, सब ओर-छोर गया। कहीं कुछ ऐसा नहीं था, जिसे मैं अपने में शामिल कर सकूं। उस आवाजाही में किसी से सुना कि सन्दो और बन्ना ने इस्लाम कबूल कर लिया, पहला बच्चा चेचक में चला गया, लेकिन फिर दो लड़कियां और हो गईं। वे सही-सलामत थीं। अभी, तीनेक माह पहले सकूरे पत्तीखां, सकूरे और रब्बे मियां के परिवार उधर से खदेड़े जाकर अपनी पुश्तैनी ढाणियों में आ बसे तो उनसे मालूम पड़ा कि सन्दो ने एक रखैल भी डाल रखी है।

रणसी को गोगमेडी की तरफ नहरी जमीन का एक टुकड़ा मिल गया, किसी यजमान से; वह अपने कबीले के साथ वहीं खेती कर रहा है। गोगाजी की भक्ति और 'गुन' साधने में मिनिया ने बड़ा नाम कमा लिया है। रामौतार ने गजसिंहपुर में जाकर नौकरी छोड़ दी और कोसानी लौट गया। वहां 'उसने एक महान नेता' बनने के लिए स्वयं को मुक्त कर दिया। कुछ रोज जयप्रकाश नारायण के गुण गाए, कुछ रोज़ एक स्थानीय लीडर के, फिर भारतीय क्रांति दल का मेम्बर हो गया। जस्सू ने तो नेगिया से निकलते ही फिर भागम-भाग की ज़िन्दगी अपना ली थी। वह कई जगहों पर रहा। दिल्ली, मुंगेर, गोरखपुर, बनारस—सुनने में आता है कि वह इन दिनों नक्सलवादियों के एक ग्रुप के साथ जेल काट रहा है। सुरजा के बारे में अरसे तक गुमसुम छाई रही। किसी को कुछ पता न चला। पिछले साल मैं जब करौली गया, केला देवी के मेले पर, तो एक मित्र पुलिस-अधिकारी ने मुझे चार तस्वीरें दिखलाईं, डाका डालने वाली औरतों की। वे बड़ी खूंख्वार, अस्तव्यस्त और बेचैन नज़र

आ रही थीं। एक तस्वीर में मुझे सुरजा के नाक-नक्श दिखलाई दिए। मैं अभी भी पशोपेश में हूं कि वह सुरजा ही थी या कोई और। इतना लेकिन,ज़रूर है कि जब भी धौलपुर की तरफ कोई डकैती पड़ती है, मेरे सामने सुरजा का बदहवास चेहरा आ खड़ा होता है।

अक्सर मुझे लगता है कि रेवड़ की तमाम भेड़ों को पीछे छोड़कर अचानक कुछ सफेद मेमने आगे निकल आए हैं। वे अपने मामूली दम-खम के बूते पर भाग रहे हैं, लड़खड़ाकर गिर रहे हैं, लहूलुहान हो रहे हैं, फिर उठकर हांफ रहे हैं और उसी तरह दौड़ रहे हैं। एक डर उनके भीतर है, एक डर उसके बाहर है। एक अनदेखे कसाई का अदृश्य छुरा उनका पीछा कर रहा है। वे बचना चाहते हैं, इसलिए उस सांस-तोड़ भागा-भागी के सिवा चारा नहीं है।

यह उन भगोड़ों की कथा है और इसे एक भगोड़े ने, जो रेत और दूसरी दुनिया के बीच सूखी-निचाट हवा में टंगा हुआ है, उदासी में लिखा है।

□□□